Mr BARNE
greatest

Die Dreigroschenoper

Bertolt BRECHT

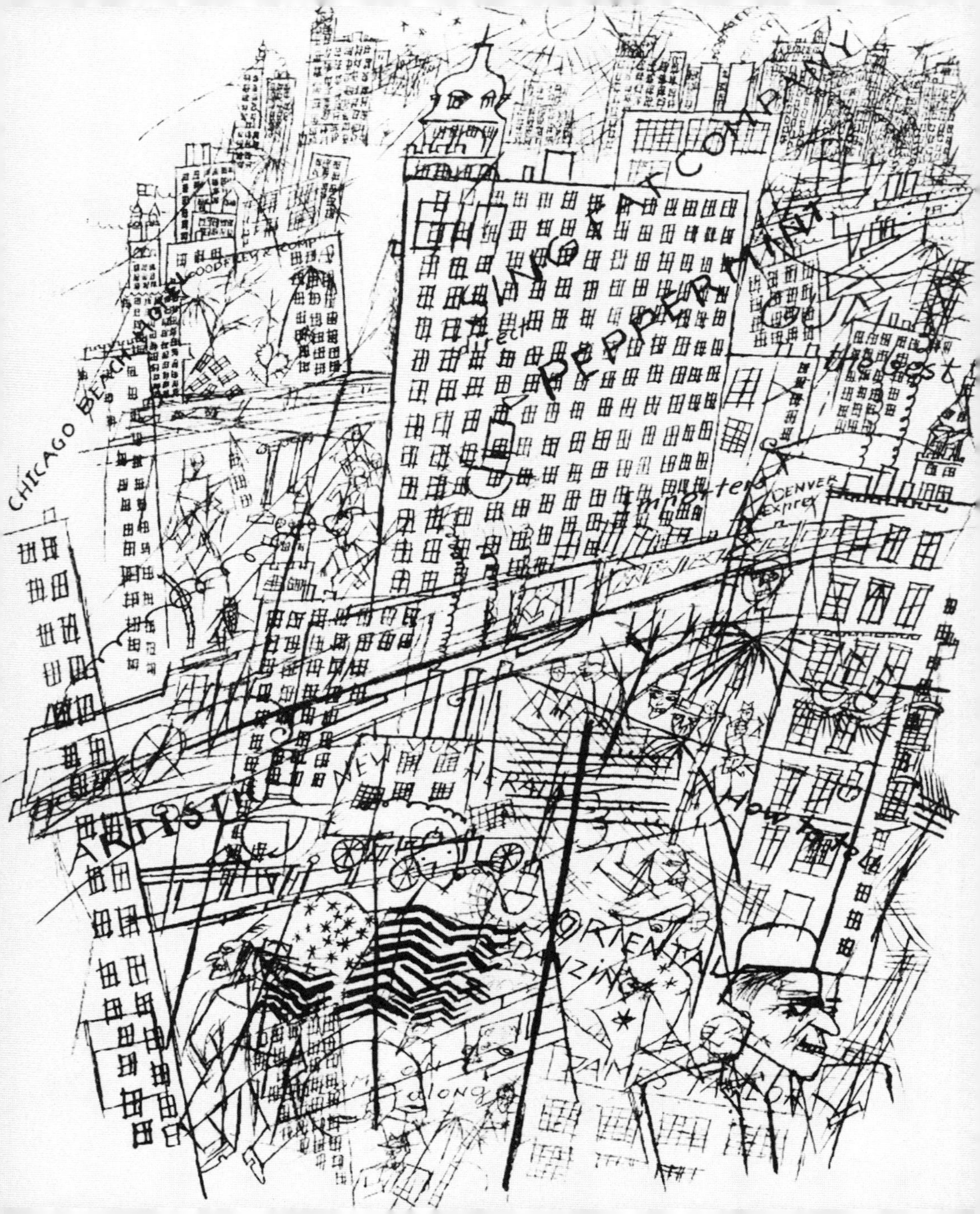
CHICAGO BEACH HOTEL
GODFREY & COMP
PEPPERMINT
COMPANY
direct
importers
DENVER
Express
the best
NEW YORK HERALD
ARTISTS
ORIENTAL
DANZING
along

三文オペラ

ベルトルト・ブレヒト

Die Dreigroschenoper

大岡淳訳

Jun OOKA

Bertolt BRECHT

editorialrepublica 共和国

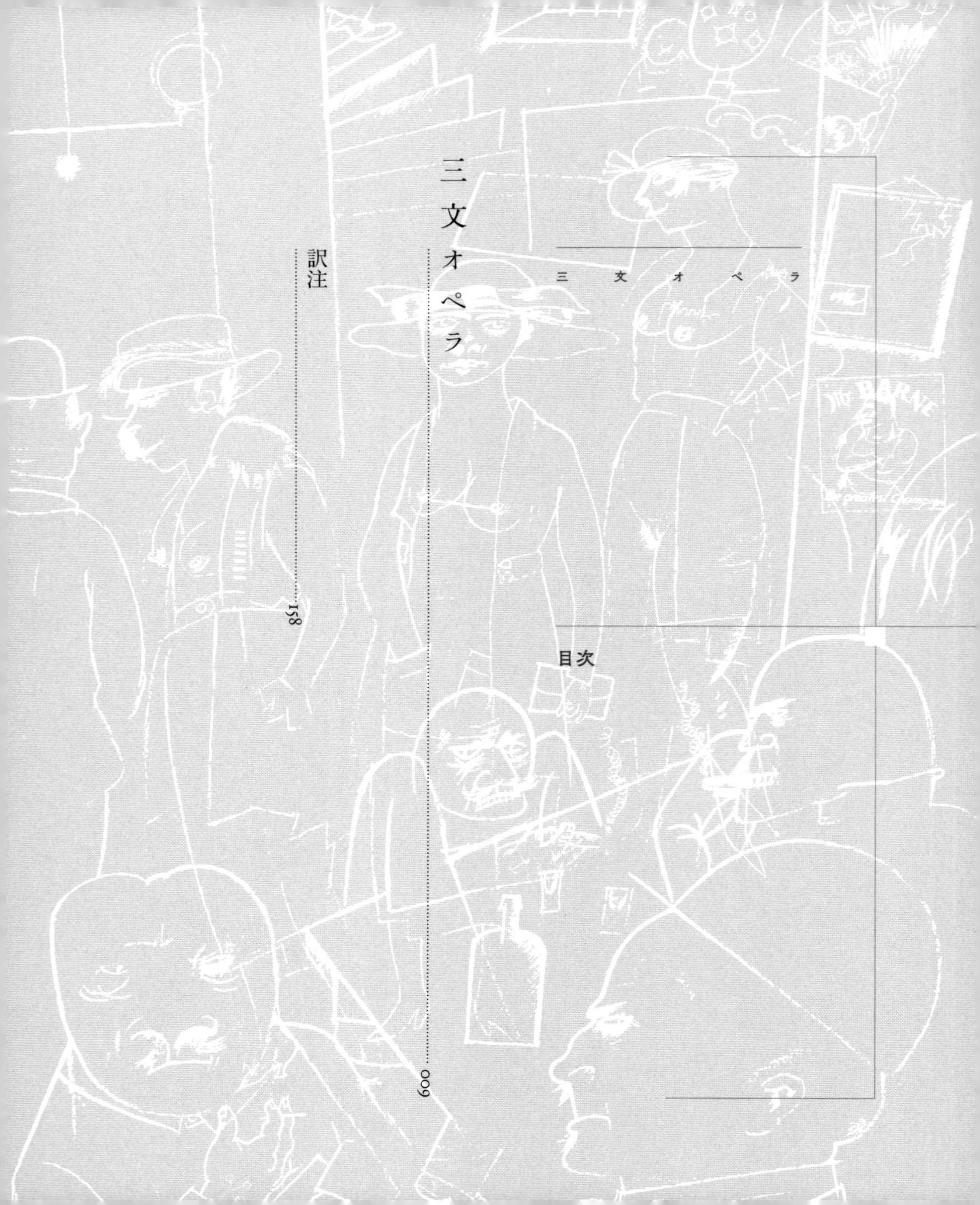

三文オペラ

目次

解説

訳者あとがき

All illustrations (incl. jacket and cover) by George Grosz, taken from *Ecce Homo*, 1923.

凡例

一、本書は、Bertolt Brecht, *Die Dreigroshenoper*, 1928 の全訳である。

一、本書の底本には、Bertolt Brecht, *Die Dreigroshenoper*, edition Suhrkamp, 1968 (45. Auflage 2017) を使用し、「『三文オペラ』へのコメント」は、Bertolt Brecht, *Die Dreigroschenoper Der Erstdruck 1928*, Suhrkamp, 2004 より用いた。

一、本文中の＊1〜13は、ブレヒト自身による解説「『三文オペラ』へのコメント」中の「俳優のためのヒント」（本書一七〇頁〜一七三頁）に対応している。

一、本文中の（ ）内の数字は、翻訳者による注に対応している。

一、本文中の〔 〕は、翻訳者による補足である。

一、劇中の歌詞は、すべてクルト・ヴァイルの作曲したメロディにあてはまるよう訳されている。CDや楽譜をお持ちの方は、この日本語詞をどうあてはめれば歌えるか、工夫して楽しんでほしい。なお、ブレヒトの歌詞の脚韻については、音はまったく異なるとはいえ、パターンをできる限り踏襲した。また、邦訳することによって原文の歌詞の情報量は最小限に縮減せざるを得なかったため、本戯曲を上演するにあたって、俳優は歌いながら適宜身ぶりを補ってニュアンスを伝達するなどの必要がある。

一、現在では使用されないであろう表現も本書には存在するが、歴史的社会的条件を考慮してそのまま訳出した。

三文オペラ

Die Dreigroschenoper

Bertolt BRECHT

ジョン・ゲイ『乞食オペラ』に基づく。
協力＝E・ハウプトマン、K・ヴァイル

登場人物

マックヒース
別名、刃（ヤッパ）のマッキー

ジョナサン・ジェレマイア・ピーチャム
「乞食の友社」オーナー

シーリア・ピーチャム
ピーチャムの妻

ポリー・ピーチャム
ピーチャムの娘

ブラウン
ロンドンの警視総監

ルーシー
ブラウンの娘

酒場のジェニー

スミス

キンボール牧師

フィルチ

モリタート歌手

ギャングたち
〔ジャラ銭のマサイアス、曲がり指のジェイコブ、のこぎりのロバート、イード、ジミー、しなしなのウォルター〕

乞食たち
〔フィルチ他〕

娼婦たち
〔娼婦、ヴィクセン、ドリー、ベティ、年を取った娼婦、モリー、もう一人の娼婦〕

警官たち

Mr. BARNE
the greatest Champion

序幕

刃(ヤッパ)のマックのモリタート

乞食たちは物乞いをし、泥棒たちは物を盗み、娼婦たちは身を売っている。モリタート歌手がモリタート〔手回しオルガンの伴奏などにあわせて歌い語られる絵物語〕をうたう。

ソーホーの年の市

そんでサメは、牙を持ち
顔いっぱいに、むき出し
で、マックヒースは、ナイフ持ち
ただそのナイフ、見たことない
ああサメにゃ、ヒレがある

赤い血が、したたる！
刃のマッキー、手袋してる
手を汚すこと、いつしてる？

緑に染まる、テームズ川
突然みんな、倒れた
はたしてペスト、はたまたコレラ
いやマックヒースが、黒幕か

青空澄んだ、日曜日
死体見つかる、繁華街
走り去る、影ひとり
マックヒースに、違いない

シュムール・マイヤー、行方不明
他にも金持ち、いない
その金（かね）マッキー、懐に
もっとも証拠、何もない

舞台上を下手から上手へ、ピーチャムがミセス・ピーチャムとポリーを連れて、ぶらぶらと横切る。

ジェニー・タウラー、発見された
胸にはナイフ、刺さってた
波止場になぜか、マックがいた
因果関係、不明だが

アルフォンス・グライト、どこにいる？
あの御者は、生きてる？
彼のゆくえを、誰が知る
無論マックも、知りはせぬ

そんでソーホー、大火事に
死傷者子供、年寄り
野次馬に、まぎれてマッキー
彼のしわざか？　わからない

未成年、でも未亡人
その名知られた、お嬢さん
寝る間に襲った、レイプ犯
おまえかマッキー、「知りません」

娼婦たちのあいだで大笑いが起き、その中から一人の男が抜け出し、
急いで広場を横切り、去る。

酒場のジェニー　あいつが刃（ヤッパ）のマッキーよ！

Mr. BARNE
the greatest Champion

第一幕

ジョナサン・ジェレマイア・ピーチャムの乞食楽屋

1

人々の心から、情け容赦が失われていく状況に接して、起業家のJ・ピーチャムは、ある店舗をオープンした。そこでは、不幸な中にも不幸な人々が、固く閉ざされる人々の心をくすぐるコスチュームをあてがわれていたのである。

ピーチャムの朝のコラール(1)

クリスチャン目覚めよ

罪深き日始まる
ワルなとこ見せろ
主は報いてくれる

兄弟を売っ払え
女房を売っ払え
神はゴミなのかね？
審判の日、わかるね

ピーチャム　（観客に）何か新しいことを始めなきゃなんねえな。だいたいおれのビジネスは難し過ぎんだよ、なんせ人様の同情を買わなきゃならねえからな。ほんのちょっとでいいんだよな、人の心を動かすものが、ほんのちょっとありゃいいんだよ、だけど最悪なのは、なんべんもなんべんもおんなじネタを使ってると、役に立たなくなるんだよ。なんせ人間様には、その気になりゃ感情のスイッチをオフにできる、やばい能力が備わってるからな。だから例えば、曲がり角で片腕がもげた奴に出くわしたら、最初はびびって一〇ペニー恵んでやる気になるかもしれねえけど、二度目は五ペニーだけ、三度目に出くわしたら、情け容赦なく警察に連れてっちまう。「小さな親切」なんてのは、しょせんそんなもんよ。（「あげるのは、もらうより、幸せだ」と書かれた大きなパネルが降りてくる）超感動的で超切実な格言を、目立つ看板に書いたところで、こんだけハイスピードで消費されちまったら、なんの役に立つよ。聖書の中には、人情の機微に触れる格言が四つ五つはあるけどな、そいつを使い切ったら、それで商売上がったり。例えばここに「あげなさい。そうすれば、もらえる」って書いて吊るしてたんだけどな、三週間もすればもう用済み。いっつも新しいものを提供しなきゃなんねえ。そこでまた聖書の出番ってわけだけど、こいつもいつまで保つのかね？

ノックの音がして、ピーチャムがドアを開けると、フィルチという名の若い男が入ってくる。

フィルチ　ピーチャム・アンド・カンパニーって、ここすか。

ピーチャム　ピーチャムは私ですが。

フィルチ　じゃああなたが「乞食の友社」のオーナーさんっすね。あなたのとこへ行けって言われたんすよ。あ、これが格言っすね！　資本ってやつだ！　こういうのが図書館みたくなってんしょ？　やっぱちげーよ。自分らなんか、思いつきもしないじゃないすか、教養がなけりゃ、ビジネスで成功できるわけないっすよね。

ピーチャム　お名前は？

フィルチ　わかります、ピーチャムさん、自分ガキの頃からツイてなかったんすよ。お袋はアル中、親父はギャンブラー。頼れるのは自分だけ、母の愛ってやつも知らなくて、大都会の泥沼に深く深くハマってったんすよ。心優しいお父さんとか、ぬくもりのあるマイホームとか、知るわけないじゃないすか。そんでこのありさま……

ピーチャム そんでそのありさま……

フィルチ （とまごって）……何もかも奪われたおれは、欲望の餌食。

ピーチャム 海原を漂う難破船のように、ラララララ。[2] ところで聞いていいかい、難破船の、あんたどこでそんな子供だましの歌をうたってんだ？

フィルチ どういう意味すか、ピーチャムさん？

ピーチャム だから、人前で、そういうトークをぶっこいてんだろ？

フィルチ はい、わかります、ピーチャムさん？ 昨日ハイランド・ストリートで、ちょっとやばい事件に出くわしたんすよ。自分はおとなしく立ってたんすよ、運の悪いことに角のところで、帽子を手に持って、ひでえ目にあうとも知らずに……

ピーチャム （ノートをめくって）ハイランド・ストリート。はいはい、それそれ。じゃあ昨日、ホニーとサムがとっつかまえたウンコ野郎ってのはてめーか。てめー調子に乗りやがって、第一〇区の通行人の皆様に迷惑かけたな。軽くヤキを入れるだけで勘弁してやったのはな、聖域を侵してるって理解してねえクソガキだって見当がついたからよ。だがな、もういっぺんノコノコ来てみやがれ、ノコギリでバラしちまうぞ、わかったか。

フィルチ ちょ、待ってくださいよピーチャムさん。じゃあどうしろっつーんすか、ピーチャムさん。あの先輩たち、マジでボコってきて痣だらけにしてくれて、挙句に、あんたの会社の名刺をくれたんすよ。これ脱いだらわかりますよ、サバみたいに真っ青ですよ。

ピーチャム　なあ坊や、おまえがヒラメみたいにのされずに済んだのはな、うちの連中が手加減したからよ。ところがこの青二才ときた日にゃ、「お手」をすりゃあ、エサでステーキが出てくると思ってやがる。おまえなあ、自分の池のな、いちばん立派なマスをな、パクられちまったらどう思うよ？

フィルチ　あー、そうっすね、ピーチャムさん——自分、池は持ってないっす。

ピーチャム　だからぁ、営業許可証はプロにしかやれねえって話だよ！（ビジネスライクに市街図を指し）ロンドンは一四の地区にわけてある。ここで乞食ビジネスをやってみたい奴は例外なく、ジョナサン・ジェレマイア・ピーチャム・アンド・カンパニーの許可が要る。そうすりゃ誰でも商売ができる——欲望の餌食君でもな。

フィルチ　ピーチャムさん、あと何シリングか手放したら自分マジで破産ですって。二シリングでどうにかしたいんすよ。

ピーチャム　二〇シリング。

フィルチ　ピーチャムさん！

フィルチは懇願するように「不幸に対して、耳を閉ざしちゃダメ！」と描いてあるポスターを指差す。

ピーチャムはショーケースの前側にあるカーテンを指す。そこには、「あげなさい。そうすれば、もらえる」と書かれている。

フィルチ　一〇シリング。

ピーチャム じゃあ、あと毎週の稼ぎの五〇パーセント、衣裳付きなら六〇パーセント。
フィルチ あの、衣裳ってどんな感じなんすか？
ピーチャム 会社が決める。
フィルチ どの地区でやればいいんすか？
ピーチャム ベーカー・ストリートの二番地から一〇四番地まで。あそこならオマケしてやるよ。衣裳付きで五〇パーセントでいいや。
フィルチ お願いします。（払う）
ピーチャム 自分、名前は？
フィルチ チャールズ・フィルチ。
ピーチャム ＯＫ。（叫んで）ミセス・ピーチャム！（ミセス・ピーチャムが来る）こいつはフィルチ。ナンバーは三一四号。担当エリアはベーカー・ストリート。おれが自分で登録しておく。もちろん、戴冠式の前にさっさととりかかりたいだろ。なんせ、ほんのちょっぴりおこぼれにあやかれる、一生に一度のチャンスだからな。衣裳はＣタイプ。（ピーチャムは、ショーケースの前側にあるカーテンを開ける。ショーケースには五体の蝋人形が立っている）
フィルチ なんすかこれ？
ピーチャム 不幸の基本パターン、五つ。これが、人間様の心をくすぐるのにぴったりなんだな。こういうのを一目見ると、人間様はクラクラっと来ちまってな、お金を恵もうって気持ちになるわけよ。衣裳Ａ。クルマ社会の犠牲者。元気ハツラツ片輪者。いつも朗らか。（やってみせる）いつもさわやか。腕が切れてりゃなお効果的。衣裳Ｂ。戦争の犠牲者。ヤな感じで震えて、通行人にまとわりついて、ウゲーッって思わせるのが仕事だ。（やってみせる）勲章があればそのぶんウゲーじゃなくなる。衣裳C。工業化の犠牲者。お気の毒な盲人、あるいは、ホームレス・アートの最高学府（彼はやってみせ、フィルチの方によろめく。彼がフィルチにぶつかった瞬間、フィルチは驚いて叫び声をあげる。ピーチャムは即座にやめて、驚いてフィルチを凝視し、突然怒鳴る）こいつ同情してやがんの！　お坊っちゃまは一生乞食になんぞなれませーん！　せいぜい通行人がお似合いでーす！　さて衣裳D！　シーリア、おまえもう酔っぱらってんのか！　焦点が合ってねーぞ。おい、一三六号が衣裳のことでクレームつけてきたぞ。なんべんも言ってんじゃねえか、紳士ってのは汚ねえ格好なんかしねーんだよ。一三六号は新品の衣裳代を払ったんだぞ。同情を誘うたったひとつのしみ。これだって、ステアリン酸の蝋燭のワックスをアイロンでしみこませて作るべきだったんだ。ちょっとは考えろって！　ひとりでぜんぶちゃんとやれって！（フィルチに）服を脱いでこっちを着な、ただし雑に扱うなよ！

フィルチ　で、おれの服はどうなるんすか？

ピーチャム　会社の所有物だ。衣裳E。以前はもっとマシな生活をしていた青年。でも本人いわく「自分、子守歌は歌ってもらえなかったっす……」ってな。

フィルチ　ああわかった、あんたそれ、また使うつもりなんすね？　じゃあなんでおれがその、もっとマシな生活していたナンチャラをやったらダメなんすか？

ピーチャム　おまえ自身の不幸を演じたって誰も信じやしないからだ、坊や。おまえお腹が痛いときに「お腹が痛い」って言ってみ、ウザがられるだけだぞ。てか、

フィルチ　だいたいてめーは質問なんかしてる場合か、いいからこれを着ろ。

ミセス・ピーチャム　ちょっと汚くないすか？（ピーチャムがフィルチを鋭く睨んでいるので）サーセン、ごーも、サーセン。

フィルチ　ほら、さっさとしなよ、ボクちゃん。あんたのズボンなんかクリスマスまで預かってられないからね。

ミセス・ピーチャム　（突然激して）でもブーツは脱がないっすよ！　どうしてもこれだけは！　だったらもうあきらめますよ。これは貧しいお袋がくれたたったひとつのプレゼントなんで、どんだけ落ちぶれても、絶対、絶対これだけは……

フィルチ　御託並べてんじゃないよ、きったない足して何言ってんの。どこで足を洗えるっつーんすか？　こんなお寒い季節に！

ミセス・ピーチャムはフィルチを衝立の奥に連れて行き、その後、下手に座って、衣服にアイロンで蝋燭のワックスをしみこませる。

ピーチャム　あの娘はどこだ。

ミセス・ピーチャム　ポリー？　上でしょ！

ピーチャム　昨日またあの男が来てただろ？　おれが出かけてるときはいつも来てやがんな。

ミセス・ピーチャム　決めつけはよくないよ、ジョナサン、あんな上品な紳士は他にいないよ、それにあの団長さんたら、うちのポリーに首ったけ。

ピーチャム　ふん。

ミセス・ピーチャム　それに、ポリーだって彼いい感じーって思ってんだよ、あたしみたいなバカにだってわかるよ。

ピーチャム　シーリア、おまえ、まるでおれがセレブか何かみてえに、あの娘に好き勝手させてっけごよ！　それでめでたくご結婚か？　おまえさあ、あんなクソみたいなお客様がご来店あそばし、隅から隅までジロジロ覗いた日にゃ、こんなチンケな店、一週間と保（も）ちゃしねえだろうが？　花婿様だ?!　たちまち弱みを握られるぞ！　そんであいつが我が家のご主人様だぞ！　おまえ、あの娘がベッドでおまえより口が固いと思ってんのか？

ミセス・ピーチャム　あんたこそあの娘を、可愛い可愛いお嬢ちゃんだと思いたいわけ?!

ピーチャム　最悪。マジ最悪。うちの娘の性欲はパンッパンだぞ！

ミセス・ピーチャム　カラッカラの誰かさんと違ってね。

ピーチャム　結婚！　おれにとってのあの娘は、言ってみりゃ、貧民にとってのパンだぞ。(聖書をめくって) 聖書のごこかに書いてあったよな。そもそも結婚とは不道徳なり。あいつの頭から結婚の二文字を吹き飛ばしてやんねえと。

ミセス・ピーチャム　ジョナサン、あんた、無教養だね。

ピーチャム　無教養！　で、奴の名前は？

ミセス・ピーチャム　いつもみんな「団長」としか呼ばないよ。

ピーチャム　で、おまえらは奴の本名を一度も聞いたことがないってか？　うーけーるー！

ミセス・ピーチャム　出生証明書を見せてくれ的な、んな失礼なこと言えるわけないじゃん、あんな上品な人がさ、うちら二人をさ、イカホテルのさ、ダンスにさ、招待してくれたっていうのにさ。

ピーチャム　なんだって？

ミセス・ピーチャム　イカホテルのさ、イカしたダンスにさ。

ピーチャム　団長？　イカホテル？　そ、そ、そりゃ……

ミセス・ピーチャム　あのお兄さんはさ、あたしとあの娘にさ、レザーの手袋でさ、タッチしてくれたのさ。

ピーチャム　レザーの手袋！

ミセス・ピーチャム　それがさ、ホントいっつも手袋でさ、しかも白なんだよ。白い革手袋。

ピーチャム　白い革手袋、象牙のグリップがついたステッキ、足にはゲートル、その下にはエナメルの靴。節度をわきまえていて、傷痕（きずあと）が一つ……

ミセス・ピーチャム　首筋にね。なんでまたあんたが知ってるわけ？

フィルチ、衝立から這い出てくる。

フィルチ　ピーチャムさん、もうちょいヒントをもらえないすか、マニュアルがあるとやりやすいんすよ、アドリブで適当に喋るってごうかと思うんすよ。

ミセス・ピーチャム　台本がないと無理だって！

ピーチャム　じゃあクルクルパーの役ならできるだろ。おまえ今晩六時に来いよ、必要なことは教えてやっからよ。わかったらとっとと帰れ！

フィルチ　あざーす、ピーチャムさん、マジであざーす。（退場）

ピーチャム　五〇パーセントな！——さて、今度はおめーに教えてやるよ、革手袋の旦那の正体を——そいつは刃のマッキーだ！

ピーチャムは階段を駆け上がりポリーの寝室へ。

ミセス・ピーチャム　嘘でしょ！　刃（やいば）のマッキー！[3]　神様、ああ神様、お助けを！——ポリー！
どこ行ったのポリー？

ピーチャムがゆっくり降りてくる。

ピーチャム　ポリー？　ポリーは帰ってねえよ、ベッドがそのままだ。

ミセス・ピーチャム　じゃあああのウールのセールスマンの彼とディナーに出かけたんだよ、きっとそうだよ、ジョナサン！

ピーチャム　ったく、ウールのセールスマンならいいんだがな！

ピーチャムとミセス・ピーチャムは、幕の前に歩み出てうたう。歌の照明、金色の光。パイプオルガンがイルミネーションで飾られる。バトンに吊るされた三つの灯体とパネルが降りてくる。パネルにはタイトルが書かれている。

やだもんねの歌

1

ピーチャム

やだもんね、やだもんね
おうちでくつろぎベッドで眠るかわりにね
楽しいね、楽しいね
この世でひとり自分だけが選ばれたような気分でね

ミセス・ピーチャム

月がのぼるソーホー
「ドキドキしてるのわかる？ うふ」
「あなたとならどこへでも行く、ジョニー」
恋の最初だけのこと

2

ピーチャム

やだもんね、やだもんね
意味のあること目的あることとするよりね
楽しいね、楽しいね
そんなのしてたら足元すくわれお陀仏さ

二人
月はどこだソーホー
「ドキドキしてるのわかる？　うふ」
「あなたとならどこへでも行く、ジョニー」
こんな茶番すぐポシャる

2

ソーホーの中心部の奥深く、盗賊である刃のマッキーは、乞食王の娘であるポリー・ピーチャムと、結婚式を挙げる。

からっぽの馬小屋

マサイアス　（ジャラ銭のマサイアスと呼ばれる。リボルバー拳銃を持ち、馬小屋を灯火で照らして点検する）ちーす、誰かいるんなら両手を上げろ！

マックヒース入ってきて、舞台端に沿って歩き、一周する。

マックヒース　おい、誰かいるか？
マサイアス　誰もいねえ。ここなら平穏無事に結婚式をやれんじゃね。

ポリー　（花嫁衣装で登場）でもここって馬小屋でしょ！

マックヒース　ひとまず飼葉桶（かいばおけ）に座んな、ポリー。（観客に）今日この馬小屋で自分は、ミス・ポリー・ピーチャムとの結婚式をとりおこないます。彼女は愛あればこそ、おれについてきてくれた。そしてこれからの人生を共にわかちあおうってわけです。

マサイアス　ロンドン中の話題になってるぜ、ミスター・ピーチャムん家（ち）まで出かけて、ひとり娘を誘惑してくるなんて、あんたはこれまででいちばん危ねえ橋を渡ってるって。

マック　ミスター・ピーチャムって誰。

マサイアス　自称、ロンドン一の貧乏人。

ポリー　まさかここで結婚式をやるつもりじゃないよね？　だってここ、きったない馬小屋じゃん！　ここに牧師さんなんか呼べないよ。それに、うちらのものじゃないじゃんここ。新生活のはじまりは家宅侵入から、なんてシャレになんないよ、マック。うちらの人生で最高にハッピーな日なんだよ。

マック　お嬢さん、何もかもお望み通りさ。こんなところでつまずいてる場合じゃねえ。舞台装置が運ばれてくるぜ。

マサイアス　到着。

大きなトラックが近づいてくる音がする。半ダースほどの男たちが、絨毯や家具や食器などをひきずって入ってきて、馬小屋をとんでもなく高級な宴会場に変えてしまう。[*1]

マック　悪趣味か！

　男たちは、下手にプレゼントを置き、新婦にお祝いを言い、新郎には報告を入れる[*2]。

ジェイコブ　（曲がり指のジェイコブと呼ばれる）おめでとうございます。ジンジャー・ストリート十四番地の二階にいた連中を、叩き出すしかなかったっすよ。

ロバート　（ノコギリのロバートと呼ばれる）おめでとうございます。川べりで、ポリ公ひとり、あの世行き。

マック　素人か！

イード　西の端（ウエスト エンド）、三人組が、あの世行き、殺っちまう気は、なかったけどね。おめでとうございます。

マック　ご素人か！

ジミー　おっさんに、ガツンと一発、プレゼント、大怪我してたら、ごめんなちゃいね。おめでとうございます。

マック　おまえらに命令したろ。流血沙汰は避けてください。考えただけで虫唾が走ります。んなんじゃビジネスパーソンにはなれません。んなのは「ビジネスパーソン」じゃなくて、「人食いヤーさん」ですよ！

ウォルター　（しなしなのウォルターと呼ばれる）これはこれは慶賀の至り。奥方、三十分前まで、サマセットの公爵夫人の持ち物だったのが、このチェンバロにて候。

ポリー　なんに使う家具、これ？
マック　気に入ったかい、ポリー？
ポリー　（泣いて）チンピラが、人を大勢、ぶん殴り、集めた家具は、たったこれだけ。
マック　しかもこんな家具な！　悪趣味な！　気を悪くすんのは当然だよ。ローズウッドのチェンバロにルネサンス式のソファ。ったく許せねえな。いったいぜんたいテーブルはどこにあんだ！
ウォルター　テーブル？

彼らは飼葉桶の上に二、三枚の板をのせる。

ポリー　ああマック！　あたし超かわいそう！　牧師さんなんて来なけりゃいいのに。
マサイアス　もちろん来るっしょ。めっちゃ詳しい地図書いて、渡してあっから。
ウォルター　（テーブルを前に持ってきて）じゃじゃーん！　テーブル！
マック　（ポリーが泣いているので）ホラホラうちの奥さん、わけわかんなくなってんぞ。どこに椅子があんだ？　チェンバロはあんのに椅子はなしか！　ちょっとは考えろよ。おれが結婚式やるったらいっつもこのザマだ。うるせえ、しなしな！　おめーらに任せっといっつもこのザマだっつってんだよ！　おめーらのせいで、うちの奥さん、初日から悲劇のヒロインじゃねえか。
イード　愛しのポリー……
マック　（彼の頭から帽子をはたき落とし[*3]）なにが「愛しのポリー」だ、もういっぺんぬかしてみやがれ、その脳天をてめーの腸(はらわた)に叩っこむぞハナタレ小僧！　「愛しのポリー」ってごの口でぬかしてやがんだ、てめーが抱いた女かってんだよこのエロガッパ！

ポリー ちょっとマック！

イード いや、おれ、誓って……

ウォルター 奥方、これで不足でしたら、もうひとっ走りして……

マック 薔薇の木の、チェンバロ一台、椅子はゼロ。（笑う）花嫁さんから、コメントどうぞ。

ポリー マジ最悪ってほどではないレベル。

マック 椅子二つにソファ一つ、そんで、新郎新婦は地べたに座れってか。(4)

ポリー それがいいいんじゃない？(5)

マック （鋭く）このチェンバロの脚をノコギリで引いちまえ！　やれ、やれ！

四人 （チェンバロの脚をノコギリで引きながらうたう）

ビル・ロージェンとメリー・サイヤー

夫婦（めおと）になりました

ハンコつこうとしたが

こいつ見覚えねえな

あんたこそどちらのどなた、万歳！

ウォルター 終わりよければすべてよし、これにてベンチできあがり、奥方。

マック ではみなしゃん、いいかげんその雑巾みてえな服を脱いで、ちゃんとしたお洋服に着替えてくだちゃい。そんじょそこらの結婚式とはちげーんだよ。ポリー、そのバスケットを頼む。

ポリー　このケータリングも？　これも盗んできたの、マック？

マック　もちろん、もちろん。

ポリー　ドンドンドン、警察だ！　って踏み込まれたら、どうするわけ？

マック　そのときこそ、花婿様のお手並み拝見だぜ。

マサイアス　今日はありえねーって。騎馬警官はみんなダヴェントリーに行っちまってんじゃん。戴冠式のためのお出迎えだろ。

ポリー　ナイフが二本、フォークが一四本！　椅子一つにつきナイフが一本！(6)

マック　なんなんだこのザマは。ガキの使いかってんだよ、大のオトナがやるこっちゃねえだろ！　おめーらは様式ってものを知らねーのか。チッペンデール様式とルイ一四世様式の違いがわかる男、これが一人前よ。

窃盗団の一党が戻ってくる。彼らはエレガントな夜会服を身に着けてはいるものの、この後の言動は、残念ながらそれに相応しいものではない。

ウォルター　ホント一級品を揃えようとはしたんですよ。この木材を見てちょうだい、素材は最高級でしょ。

マサイアス　シーッ、シーッ、いいすか、団長。

マック　ポリー、こっちへおいで。

二人は祝辞を受ける姿勢で立つ。

マサイアス 失礼します、団長、自分らは、あんたらの人生の最高の日に、てか、あんたらの花の盛りに、つーか、あんたらの生涯のターニングポイントに、超心をこめた、と同時に、超気合の入ったお祝いを、申し上げ奉り候、的な？　こういうわざとらしいの、キモくね？　だから簡単にすっけど。（マックヒース と握手して）頭をビシッと上げな、中古物件！

マック ありがとよ、嬉しいぜ、マサイアス。

マサイアス （マックと抱擁した後で、ポリーと握手して）な、心をこめた感じすんだろ！　さあ、下を向いてちゃダメだぜ、爺さん、つまりな、（ニヤニヤして）頭ってものはな、萎えてちゃダメなんだぜ。

客人からどっと笑い声が起きる。突然マックはマサイアスを軽く摑んで倒す。

マック 黙ってろ。そういう下ネタはな、おめーのキティちゃん相手にやってろよ。あの淫乱にはぴったりだろうが。

ポリー マック、そんな下品な言い方やめて。

マサイアス 聞き捨てならねーな、キティが淫乱だと……（やっとの思いで立ち上がる）

マック なんか文句あんのか。

マサイアス そもそもな、おれはキティに下ネタなんて一度も話したことねーよ。それどころか、おれはキティを、すげえ女だって思ってんだよ。わかんねーだろうけごよ、あんたのことだからよ。下ネタなしに済まされねーのはてめーの方だろ。てめーがルーシーに何喋ってっか、おれがルーシーから聞いてねえとでも思ってんのか。てめーに比べりゃ、おれなんか汚れのない革手袋だろ。

マックヒース、マサイアスを睨む。

ジェイコブ 来いよ来いよ、結婚式じゃねえか。

彼らはマサイアスを引き離す。

マック ったく最高の結婚式だよ、なあポリー？ こんなおめでたい日に、こんなクズどもに囲まれなきゃなんねーとは。おまえの亭主が仲間たちからこんな目にあわされるなんて、思ってもみなかったろ！ これも勉強だな。

ポリー 全然いいと思うけご[7]。

ロバート なにバカなことを。ごんな目にあわせたっつーんすか。言い合いになるくらい珍しくもないっしょ。おめえのキティちゃんは、他の女に負けず劣らずいい女だよ。さあ、プレゼントを差し上げようじゃねーか、おい、ジャラ銭の。

全員 さあ、早く、早く！

マサイアス （むっとしながら）これ。

ポリー やーん、結婚祝い。優しいじゃん、ジャラ銭のマサイアスさん。見てマック、可愛いネグリジェ。

マサイアス　これも下ネタってことになるんすか、団長。
マック　もういいさ。こんなめでたい日に、おめーに嫌な思いさせるつもりはなかったんだ。
ウォルター　さあ、何が出るかしら？　チッペンデールだ！（彼が覆いをとると、チッペンデール様式の巨大な時計が現れる）
マック　ルイ一四世な。
ポリー　素敵。あたし超幸せ。なんて言っていいかわかんない。みなさんのお心遣い、素晴らしすぎます。これを置けるマイホームがなくって残念、じゃない、マック？
マック　なーに、こっからスタートだと思えばいいさ。何事につけ最初は大変だ。心から礼を言うぜ、ウォルター。さあガラクタを片付けて、食事だ！
ジェイコブ　（他のメンバーが準備をしているあいだに）おれ、なんにも持ってきてねえんだ。（ポリーに対して熱心に）わかるっしょ、若奥さん、我ながら情けねーって、思ってるんすよ。
ポリー　曲がり指のジェイコブさん、そんなこと言わなくていいよ。
ジェイコブ　若え衆はプレゼントばら撒いてんのに、おれはこうして突っ立ってるだけ。おれの身にもなってくださいよ。いっつもこうなんすよ。おっ立っちまったらキリがねえんだ！　あんたみたいな人の前じゃ、体が言うことを聞かねえんだ！　このあいだも酒場のジェニーに出くわしてさ、おれ、あの雌豚ババアに言ってやったんだけど……（突然マックが後ろに立っていることに気づき、黙って立ち去る）

マック （ポリーを彼女の席に座らせて）この良き日、さあ召し上がれ、ポリーちゃん、これよりまさる、ご馳走はなし。さあごうぞ！

全員、婚礼の席につく。*4

イード （食器を指して）きれいな皿だろ、サヴォイ・ホテルのだぜ。

ジェイコブ 卵のマヨネーズがけは、名店セルフリッジのだ。ほかにフォアグラのパイをごっそりかっさらったんだけごよ、途中でジミーが、穴が開いてる！　ってブチギレて、ぜんぶ食っちまったんだよ。

ウォルター やんごとない方々の前で、穴の話はお控えあそばせ。

ジミー 卵、んなにがっついてんじゃねーよ、イード、特別な日なんだぞ！

マック 誰か歌でもうたえねーのか？　なんつーか、いとあわれなヤツ。

マサイアス （吹き出してむせて）いとあわれ？　マジうけるんだけご。（マックの非難にみちた視線に気づき、気まずく腰を下ろす）

マック （他の男の手から皿を叩き落として）ホントはな、おれはまだ食事をするつもりじゃなかったんだ。おまえらみたいに「腹減った〜、飯食わせ〜」って感じじゃなくて、なんつーか、優雅な感じで始まる方が良かったんだ。こういう日はな、よそではな、そうするものなんだよ。

ジェイコブ それって具体的には？

マック なんでもかんでもおれが考えんのかよ。なにもオペラをやれって言ってんじゃねえ。けごよ、飯を食うだの下ネタを言うだの、そういう野蛮なやつじゃなくてだな、とにかく別の何かを、おまえら用意できたんじゃねーのか。まあな、こういう日にこそ本当の仲間かどうかがわかるんだろうけどな。

ポリー このサーモンおいしいよ、マック。

イード でしょ、こんなの食ったことないっしょ。刃のマッキーんとこじゃこんなのが毎日さ。文字通り、甘い蜜を吸うってヤツさ。おれいつも言ってんだよ、いいセンスしてる意識の高い女子こそマックとつきあえばいいって。昨日もルーシーにそう言ったんだ。

ポリー ルーシー？　ルーシーって誰、マック？

ジェイコブ （当惑して）ルーシー？　ああ、あんな女はね、大したことないんで、聞かなかったことにしてください。

マサイアスは立ち上がり、ポリーの後ろで大きく腕を動かして、ジェイコブを黙らせようとする。

ポリー （マサイアスを見て）何か足りないの？　ひょっとしてお塩……？　なんの話でしたっけ、ジェイコブさん？

ジェイコブ いやいや、なんでも、なんでもないっす。ホント、大した話じゃないんで。あの、やけどしちゃって、お口に着火。

マック ジェイコブ、手に持ってんのはなんだ？

ジェイコブ ナイフです、団長。

マック で、皿の上にあるのは？

ジェイコブ　マスです、団長。

マック　そんでおめーは、ナイフでマスを食ってるってわけか。ジェイコブ、前代未聞ですよ、見たことないですよね、ポリーさん？　ナイフでお魚！　これがホントのブタ野郎ですね、わかりますか、ジェイコブ？　勉強しろよ！　おまえにも苦労かけるね、ポリー、こんな腐れ外道の皆様を人間様に育て上げようと思えばねえ。だいたい君たちはわかっているんですか、人間とは何か。

ウォルター　チンチンあるヤツと、チンチン入れるヤツ。(8)

ポリー　やーだー、ウォルターさーん。

マック　で、誰もうたわねーんだな、今日という日に花を添える歌を？　いつもと同じで、テンション下がる、レベル低い、イラッとする、そういうクソみてえな一日にしちまえってことなんだな？　だいたいドアの前に見張りはいねーのかよ？　こんなことまでおれが気にしなきゃいけねーのか？　こんな日にこのおれに見張りをさせて、そんでもっておめーらは、おれ様のごちそうを腹一杯いただこうって魂胆か？

ウォルター　（不機嫌に）おれ様のごちそうってどういう意味？

ジミー　やめなよウォルター君！　おれが行くよ。ったく、誰が来るってんだよ。

（外へ出る）

ジェイコブ　結婚式なのに、ゲストがみんなパクられたら笑えるよな！

ジミー　（駆け込んできて）やべぇ、団長、サツだ！

ウォルター　タイガー・ブラウン！

マサイアス　バーカ、キンボール牧師じゃねえか。

キンボール、入って来る。

全員 （大声で）こんばんは、キンボール牧師！
キンボール やれやれ、やっと見つけた。まさかこんなちっぽけな小屋にいるとはな。持ち家か、ここは。
マック デヴォンシャー公爵のものです。
ポリー こんにちは、牧師様。あたしとっても幸せです、あたしたちの人生最高の日に、牧師様が……
マック じゃあ、キンボール牧師の前で一曲。
マサイアス 「ビル・ロージェンとメリー・サイヤー」でどうよ？
ジェイコブ そりゃいい、あの歌ならぴったりだ。
キンボール おまえらが歌ってくれるんなら最高だ、若い衆！
マサイアス 始めるぞ、おめーら！

三人の男たちが立ち上がり、ためらい、やる気なく、あやふやな感じで、うたう。

貧乏人のための婚礼歌

ビル・ロージェンとメリー・サイヤー
夫婦（めおと）になりました
（お幸せに、万歳、万歳、万歳！）
ハンコつこうとしたが
こいつ見覚えねえな
あんたこそどちらのどなた
万歳！
奥さん、仕事なんなの？　知るか！
あなた、奥さんのヒモ？　悪いか！
（お幸せに、万歳、万歳、万歳！）
ワイフなんて生き物は
穴が開いてりゃいいさ
変態！
万歳！

マック　おしまいかよ？　わびしいな！

マサイアス　（再びむせて）わびしい！　ソレだよソレ、まさに、わびしい！

マック　うるせえ！

マサイアス　は？　気合入ってねーから、だりいっつってるだけじゃん。

ポリー　みなさん、出し物がおしまいだったら、今度は、あたしがちょっとした出し物を披露します。内容は、ある女の子を演じるんですけど、ソーホーのちっぽけな居酒屋で、一度だけ会ったことがある子です。あらかじめ言っておくと、その子はそこで皿洗いをやってて、みんな彼女のことを笑ってて、お客さんにからかわれる度に、彼女は言い返すんですけど、みんな彼女のセリフを、あたしがそのまんま歌にしてうたいます。なんで、ここに小さいカウンターがあって、凄い汚い感じの女の子がいるって思ってください。その子は、朝から晩まで、カウンターの奥に立ちっぱなし。これが桶で、これが布巾で、こうやって食器を拭いてて。みなさんのところにお客さんたちが座ってて、この子を見て笑ってます。みなさん、できそうだったら、そんな感じで笑ってください。できなかったら無理しなくていいです。（彼女は食器を洗うマネをし、ぼんやりとひとりごとを言い始める）そんで例えば、誰かが言います。（ウォルターを指して）「なあ、おまえの船っていつ来んだよ、ジェニー？」

ウォルター なあ、おまえの船っていつ来んだよ、ジェニー？

ポリー したら別の誰かが、例えば、「おまえまだそれ洗ってんのかよ、ジェニーちゃーん、海賊の花嫁さーん？」

マサイアス おまえまだそれ洗ってんのかよ、ジェニーちゃーん、海賊の花嫁さーん？

ポリー そうそう、じゃあ始めます。

歌の照明、金色の光。パイプオルガンがイルミネーションで飾られる。バトンに吊るされた三つの灯体とパネルが降りてくる。パネルにはタイトルが書かれている。

海賊ジェニー

1

あのね、あたしは今日もお皿を洗って
ベッドメーキング終わらせて
そんでチップをくれたらありがとさん
なんせオンボロホテルのメイドさん
んでもあたしが誰かわかって？
ある晩、港で叫び声
お客が「いったい何事だ？」
ニヤリと笑ったあたしへ
お客が「おまえ、バカ？」
　波をかきわけ
　海賊船
　あらわれる

2

「あのな、皿でも洗えよさっさとあっちで
チップなら持っていけ」

はい、ベッドメーキングはこれでおしまい
でも誰も今夜は寝られない
だってあたし、ホントは誰？
ある晩、港でドンッと鳴って
お客が「いったい何の音だ？」
窓辺にたたずむあたしへ
お客が「なに笑ってんだ？」
　大砲うならせ
　海賊船
　攻めて来る

3

さて、笑ってられるのもオシマイね
なんせ城壁崩れ去って
街中ペチャンコ焼け野原
でもオンボロホテルはそのまんま
みんなが「あそこにいるのは誰？」
みんながホテルを取り巻いて
「どうしてここだけ助かった？」
朝、ドアをあけあたしは外へ
みんなが「あの子は何者だ？」

旗を掲げて
海賊船
勝ち誇る

4

さて、海賊百人陸(おか)に上がって
お昼に暗い影
町の奴等をひとり残らず
鎖につないで連れて行く
そんで「誰を殺しましょうね？」
お昼の港は静まり返って
あなたは「誰が殺される？」
そんであたしは答える　みんな！
首が飛んだら　ざまぁ！
あたしをのせて
海賊船
去って行く

マサイアス　マジやべぇ、超うけたんだけど？　すげーじゃん、おねーちゃん！

マック　だから「やべぇ」って何なんだよ、「やべぇ」ってレベルじゃねーんだよ、バカ！　そういうんじゃなくて、もはや芸術だろ。素晴らしかったよ、ポリー。ただ、こんなウンコ野郎どもは——おっとすみません牧師様——この人たちは、意味がわからなかったんじゃないかな。（ポリーだけに小声で）とにかく、今みたいのは勘弁してくれよ、あんな演劇みたいのは、もう二度とごめんだぜ。（テーブルで爆笑が起きる。一党が牧師をからかっている）手に何をお持ちですか、牧師様？

ジェイコブ　ナイフ二本だ、団長！

マック　皿には何がありますか、牧師様？

キンボール　サーモンかな。

マック　で、まさか、ナイフでサーモンを食ってるんじゃないですよね？

ジェイコブ　おまえら見たことあるか、ナイフでお魚！　んなことするやつぁ、まさに……

マック　ブタだ。理解しましたかジェイコブ？　勉強になりますね。

ジミー　（駆け込んできて）来たぜ、団長、サツだ。ご本人じきじきのおでましだ。

ウォルター　ブラウンだ、タイガー・ブラウン！

マック　そうだ、まさしくタイガー・ブラウンその人だ。タイガーブラウン、ロンドン警視庁の警視総監、オールド・ベイリー監獄の大黒柱、その彼が今、このマックヒース団長のおんぼろ小屋にお出ましだ。諸君、これもいい勉強だ。

泥棒たちは隠れる。

ジェイコブ　そりゃつまり縛り首ってことじゃねえか！

ブラウン登場。

マック よぉ、ジャッキー！
ブラウン よぉ、マック！　あんまり時間がねえんだ、すぐに行かなくちゃならん。なんでまたよりによって他人様の馬小屋なんだ？　こりゃまた家宅侵入だぞ！
マック でもなぁジャッキー、なかなか快適なんだこれが。嬉しいぜ、旧友マックの結婚式に出席するために来てくれたんだからなあ。さっそくおまえに我が妻を紹介しよう、旧姓ピーチャム。ポリー、こちらがタイガー・ブラウンだ。どうだ、オールド・ボーイ？（ブラウンの背中を叩いて）で、こいつらがおれの仲間だ、みんな一度は顔をあわせてるだろ。
ブラウン （参って）おれはプライベートで来てるんだからな、マック。
マック こいつらもだよ。（マックは皆を呼び、皆は両手を上げて出てくる）おい、ジェイコブ！
ブラウン こいつは曲がり指のジェイコブか、とんでもない悪党だぞこいつは。
マック おいジミー、おいロバート、おいウォルター！
ブラウン ったく、見逃してやるのは今日だけだぞ。
マック おいイード、おいマサイアス！
ブラウン 座ってくれ、諸君、座っていいって！
全員 あざーす、旦那。
ブラウン しかし嬉しいね、我が旧友マックの、こんなかわいい奥様とお近づきになれることは。

ポリー お上手ね、ブラウンさん！

マック 座ってくれ、おいぼれ船、そんでウイスキーの海へ船出だ！——我がポリー、我が仲間たち！　おまえらが今目にしているこのお方、畏れ多くも国王陛下のおはからいによって、抜きん出た地位を授けられた人物、そしてまた、風が吹こうが槍が降ろうが、我が親友であることをやめなかった男。誰のことだかわかるよな、おまえら、言うまでもねえよな、ブラウン。ああジャッキー、思い出すよな、おまえも兵隊、おれも兵隊で、インドで従軍していた日々を？　ああジャッキー、さっそく大砲ソングを歌おうぜ！（ふたりともテーブルに腰掛ける）

歌の照明、金色の光。パイプオルガンがイルミネーションで飾られる。バトンに吊るされた三つの灯体とパネルが降りてくる。パネルにはタイトルが書かれている。

大砲ソング

ジョンもジムも一等兵
で、ジョージは軍曹に昇進
コマにするなら誰でもＯＫ

で、北へ向かって前進
兵隊の家は
大砲の上だ
アフリカからインドまで[9]
雨が降り出して
敵に出くわして
見慣れぬ人種でも
黒人も白人も
さあミンチにして
生のまんま
食っちまう
ガツガツ

ジョニーはお酒でぽっかぽか
で、ジミーにゃ毛布が足りない
ジョージがふたりに言うことにゃ
うん、軍隊に入りゃあ死なない
兵隊の家は
大砲の上だ
アフリカからインドまで
雨が降り出して

敵に出くわして
見慣れぬ人種でも
黒人も白人も
さあミンチにして
生のまんま
食っちまう
ガツガツ

ジョンもジムも名誉の戦死
で、ジョージも行方が知れない
されどわれらの血はたぎり
ハイ、募集中、新兵
兵隊の家は
大砲の上だ
アフリカからインドまで
雨が降り出して
敵に出くわして
見慣れぬ人種でも
黒人も白人も
さあミンチにして
生のまんま

食っちまう
ガツガツ

マック 若い頃戦友だったおれたちを人生の荒波が引き離してしまったとはいえ、職業上の利害もすっかり食い違ってしまったとはいえ、そう、傍目にはまさしく正反対かもしれねえけど、おれらの友情は、んなことにはお構いなしに続いてきた。諸君、これもいい勉強だ。カストールとポルックスのように、ヘクトールとアンドロマケのように[10]、なんてな。チンケな強盗に過ぎないボクだけど、なあ、おまえら言いたいことわかるだろ、ちょこっと獲物がかかったときには、我が友ブラウンにその一部分を、かなりの一部分を、おれの変わらぬ誠実さの証として、毎回プレゼントしてきたってわけよ。そしてまた――ナイフをくわえてんじゃねえ、ジェイコブ――全知全能の警視総監である彼が、ガサ入れあそばすときにはだな、毎回事前にこのおれ、若き日の親友に、ちょこっと警告が伝わるように、按配してくれたというわけよ。その他諸々、以下省略、つまりひとことで言えば、持ちつ持たれつってやつだ。勉強になるな。（彼はブラウンに腕を回し）なあ、旧友ジャッキー、嬉しいじゃねえか、わざわざ来てくれてよ、これが本当の友情だ。（間。ブラウンは一枚の絨毯を苦々しく見ている）サイラス絨毯だけど。

ブラウン オリエンタル・カーペット商会の売り物だ。

マック ああ、ぜんぶあそこから失敬したのさ。わかってんだろ、おれは今日どうしてもおまえに来てもらいたかったんだ、ジャッキー、おまえが立場上嫌な顔

ブラウン　をするのは、おれとしても不本意なんだ。おまえこそわかってるだろ、マック、おまえの頼みをおれが断れないってことはな。でも行かなくちゃ、もう頭がいっぱいなんだよ、女王陛下の戴冠式で、ちょっとした事件でも起きた日にゃ……

マック　ジャッキー、おまえわかってるだろ、おれの義理の親父ってのが、とんでもねえイカレジジイなんだよ。そんでよ、もしそいつがおれに喧嘩をふっかけてきたときによ、おれに不利に働くようなネタが何か上がってるか、スコットランド・ヤードには？

ブラウン　スコットランド・ヤードには、そんなネタは上がってねえな。

マック　ま、そうだわな。

ブラウン　そんなネタは、ぜんぶおれが握りつぶしちまったからな。じゃあおやすみ。

マック　立たねえか、おまえら。

ブラウン　（ポリーに）ごきげんよう！（マックに付き添われて階上へ）

ジェイコブ　（このかんマサイアスやウォルターと一緒にポリーと話していたが）白状するけどよ、さっきタイガー・ブラウンが来たって聞いたときは、びびっちまってどうしようもなかったよ。

マサイアス　わかります？　奥さん、おれら、国家権力の上の方にもコネあるんすよ。

ウォルター　そう、マックは相変わらず、うちらなんかじゃ思いもよらない、ぶっとい秘策を持ってんのさ。しかしうちらだって、短小なのでよければ、包み隠してございい。おいみんな、九時半だ。

マサイアス　ではここからがメイン・イベント。

一同、奥に移動し、何かを隠しているカーペットの裏へ。マック登場。

マック なんだ、何事だ？

マサイアス 団長、ちょっとしたサプライズってことで。

彼らはカーペットの裏で、ビル・ロージェンの歌を情感たっぷりに小声でうたう。ところが「ごちらのごなた」のところでマサイアスがカーペットを切って落とす。と、その奥にベッドが現れ、彼らはベッドを叩きながら、わめくように続きをうたう。

マック 感謝するぜおまえら、同志たち、ありがとよ。

ウォルター さてお次は、抜き足差し足、退散だ。

一同、退場。

マック さて、算盤勘定が終わって、やっと恋愛感情の出番だ。さもなきゃ、人間はただの労働する動物だ。座んなよ、ポリー！

音楽。

マック　ソーホーの空に、月が見えるかい？
ポリー　見えるわ、あなた。心臓がドキドキ言ってるのがわかる？
マック　わかるさ、おまえ。
ポリー　あなたが行くところに、あたしも行く。
マック　おまえがいるところに、おれもいる。

二人　婚姻届け無視した
一輪の花も飾らず
ウェディングドレスいつせしめた
髪飾りもなく
透き通る抜け殻
捨てちゃえばいいさ
愛は永遠（とわ）に続くか
終わっちゃうか……だ

3

世の厳しさを知るピーチャムにとって、娘ポリーを失うことは、すなわち、完全な破滅を意味していた。

ピーチャムの乞食楽屋

上手にピーチャムとミセス・ピーチャム。ドアのところに、コートを着て帽子を被り、旅行鞄を手にして、ポリーが立っている。

ミセス・ピーチャム 結婚したぁ？ 衣裳だ帽子だ手袋だ日傘だって、頭のてっぺんから爪先まで飾り立ててやって、帆船が一艘買えるくらいお金かけたところで、我が身を肥溜めにポイッと放り出すんかい。あんた、マジで結婚したの？

歌の照明、金色の光。パイプオルガンがイルミネーションで飾られる。バトンに吊るされた三つの灯体とパネルが降りてくる。パネルにはタイトルが書かれている。

ちょっとした歌により、ポリーは両親に、盗賊マックヒースと結婚したことをほのめかす。〔バルバラ・ソング〕

一

子供の頃に思った
そう無邪気だったとき

素敵な人にあえたら
どうすりゃいいのあたし
お金持ちで
優しくて
真っ白なシャツを着て
こんなお嬢さん、お気に召して
でもあたしは「べー」
顔を上げて毅然として媚びないで
夜、月は輝き
ボートは進むの、ゆらり
でもそれだけね
あたしね、横にならずにね
冷たくあしらって
あれこれ誘われて
やっぱり返事は「べー」

2

最初はケントから来た
理想的ぼんぼん
お次はお船のオーナー
お次はあたしにぞっこん

お金持ちで
優しくて
真っ白なシャツを着て
こんなお嬢さん、お気に召して
でもあたしは「べー」
顔を上げて毅然として媚びないで
夜、月は輝き
ボートは進むの、ゆらり
でもそれだけね
あたしね、横にならずにね
冷たくあしらって
あれこれ誘われて
やっぱり返事は「べー」

3

でもある日、空は青空
来た人は不愛想
帽子脱いで壁にかけた
あたしどうしたんだろう
お金なくて
優しくなくて

清潔なわけでもなくて
こんなお嬢さん、タイプじゃなくて
でもあたしは「ええ」
ポカンとしてうっとりしてしなだれて
夜、月は輝き
ボートは浜辺にとまり
でも彼しかね
あたしね、横になってね
彼には尽くしてね
あれこれ誘われて
あたしの返事は「ええ」

ピーチャム そんで犯罪者の情婦になったってか。すげーよ。ハンパねーよ。

ミセス・ピーチャム あんたがさぁ、結婚なんかやらかす不道徳な女だからってさぁ、よりによって馬泥棒だか辻強盗だかとくっつかなくたってよくない？ ゆくゆくロクなことになんないよこれ！ こんなことがありうるって想定しとかなきゃいけなかったんだ。物心ついた頃にはもう、我が国の女王陛下みたいにお高くとまってたんだから。

ピーチャム で、マジで結婚したのか！

ミセス・ピーチャム そう、ゆうべの五時頃だって。

ピーチャム 札付きの悪党だぞ。よく考えてみりゃ、あの野郎大した度胸だって話だよな。

ジジイになったら最後の資金源はこの一人娘だ、それをくれちまったら我が家はおしまいだ、飼い犬だって逃げ出すぞ。こんなぺんぺん草でも引っこ抜かれりゃ、飢え死に街道まっしぐらだ。親子三人、薪をくべて冬を越しゃあ、ひょっとしたら初日の出を拝めるかもしれねえけごな。ひょっとしたらなあ。

ミセス・ピーチャム ねえ、おまえ何考えてんの。うちらがしてやった一切合切に対するお返しがこれだって、ジョナサン。おかしくなりそう。頭がグルグル回ってる。もう耐えられない。ああ！（気絶しながら）リキュールを一杯。(11)

ピーチャム 見ろよ、おまえママに何してくれてんだよ！ 早くしろ！ やれやれ、犯罪者の情婦（いろ）な、すげーよ、ハンパねーよ。哀れなママのハートを直撃だよ、面白えか。（ポリー、酒の瓶を持ってくる）可哀想に、ママが生きのびるためのたった一つの慰めだ、これが。

ポリー いいから二杯あげて。ママは気を失ったときは、ダブルでもいけちゃうんだから。そしたらまたしゃんとする。（ポリーはこの場面中ずっと、とても幸福そうに見える）

ミセス・ピーチャム （目覚めて）出た出た、「お情け」とか「気遣い」とか、またそういう偽善的なパフォーマンスだ！

五人の男、登場。*5

乞食 おれ、全力で文句言いに来たんだけごよ、ここはゴミ捨て場かよ、ニセ義足のまともなやつがなくてよ、かわりにあんのはパチモンじゃねえかよ、こんなもんに金払えっかよ。

ピーチャム　おめー何がしてーんだよ、それは他の連中のと同じ、出来のいいニセ義足だ、おめーが丁寧に扱ってないだけだろ。

乞食　じゃあなんで他の連中と同じくらい稼げねーんだよ？　ハッ、その手には乗らねーよ。（義足を投げつける）こんなニセモノのニセモノ使うくらいなら、おれの本物の足を切り落としてやるよ。

ピーチャム　だから、おめーは何がしてーんだって？　人間様の心が石みたいになっちまったからって、おれにどうしろってんだよ。んな、おめーひとりのために、いくつもいくつも義足なんか作ってられっか！　おれはな、どんな奴だって五分もあれば、涙を誘うポンコツ野郎に仕立てられるんだ、一目見たら犬だってクウンクウンだ。ところが人間様が泣いてくれない、それはおれの責任か?!　それで足りねえんなら、もういっこ義足を持っていけ。でも手入れを怠るなよ！

乞食　これならうまくいくさ。

ピーチャム　（二人目の義足を点検して）皮がよくねえな、シーリア。ゴムもダメだ。（三人目に）もうたんこぶがペチャンコじゃねえか、これ最後の一個だぞ。もういっぺん最初からやり直しだ。（四人目を調べて）この偽物のカサブタのリアルな感じ、本物のカサブタには出せねえよな。（五人目に）で、おめーはどんな具合だ？　また食いすぎたな、もうさらし者にするしかねーな、おめーは。

乞食　ピーチャムさん、マジで、大して食べてませんって、おれの脂肪が異常なんで、こればっかりはおれの責任じゃないですよ。

ピーチャム　おれの責任でもないですよ！　おまえはクビだ。（もう一度、二人目の乞食に）「心を震わす」と「気に障る」はおのずから別物だ、あんちゃん。そう、おれが必要としているのは芸術家だ。芸術家だけが、今日なお、人の心を感動させることができるんだ。おまえらだってきちんとこなせば、観客は拍手してくれるに決まってんだ！　少しは頭を使え！　というわけで、ボーッとしてる奴とは契約の延長は、なし。以上。

乞食たち、退場。

ポリー　お願い、あの人のことをよく見てほしいの、ハンサムかっつったら違うじゃん。でも彼ちゃんと自分で稼いでるし、おまえを食わせるのがおれのつとめだって約束してくれたんだよ！　彼は天才的な泥棒で、目端の利く、ベテランの辻強盗でもあるわけ。あたし、今彼にいくら貯金があるか、金額をズバリ言っちゃうことだってできます――いくつか事業も成功してるし、小さな別荘に引っ込んじゃうこともできるさ、まるでぼくたちのお父さんが心酔しているシェイクスピア先生のように。

ピーチャム　わかった、話はシンプルだ。おまえは結婚した。結婚したら次に何をする？考えるまでもない。そう、離婚だ、あっちからこっちに戻すだけの簡単な作業です。違うか？

ポリー　意味わかんないんだけど。

ミセス・ピーチャム　離婚だね。

ポリー だってあたし彼のこと好きなんだから、離婚なんて考えられるわけないじゃん。
ミセス・ピーチャム あんたさあ、恥ずかしくないの？
ポリー ママ、ママが男の人を愛したとき……
ミセス・ピーチャム 愛！　罰当たりな本ばっかり読んでるから、頭がおかしくなったんだね。ポリー、離婚なんてみんなやってることだよ！
ポリー じゃ、あたしは例外です。
ミセス・ピーチャム じゃ、あたしはあんたのケツを蹴飛ばします、例外ちゃん。
ポリー うん、母親ってみんなそうだよね、でもそんなの意味ないから。だって、蹴飛ばされたケツよりも、愛は偉大なのだから。
ミセス・ピーチャム ポリー、お母さんの堪忍袋の緒が切れかかってまーす。
ポリー あたしから愛を奪うことは、誰にもできないんだよ。
ミセス・ピーチャム あとひとこと言ったらビンタな。
ポリー それでも愛は、この世で最高のものなのです。
ミセス・ピーチャム だいたいあの野郎には、何人も女がいるんだよ。縛り首にでもされた日にゃ、五、六人の女が未亡人だって名乗り出て、みんなガキを抱っこしてるに決まってんだよ。ああ、ジョナサン！
ピーチャム 縛り首か、おまえよく思いついたな、それグッド・アイデアじゃん。ちょっと外してろ、ポリー。（ポリー退場）それがいい。四十ポンド手に入るぞ。
ミセス・ピーチャム わかった。警察に通報でしょ。
ピーチャム その通りだ。しかも、コストをかけずに殺してもらえるんだからな。一石二鳥とはこのことだ。あとは、奴がいったいどこに隠れてんのか、探り出さなきゃな。

ミセス・ピーチャム　正解を教えてあげるわ、ダーリン、娼婦たちんとこに隠れてまーす。

ピーチャム　しかしあいつら、あの野郎を密告したりはしないだろ。

ミセス・ピーチャム　あたしに任せて。この世はお金がすべて。急いでターンブリッジに行って、お姐ちゃんたちに話つけてくるよ。あの旦那が今から二時間以内にあんなかの誰かに会いに行きゃ、それであいつはお縄だよ。

ポリー　（ドアのところで聞き耳を立てていたが）ねえママ、そんなことしなくていいよ。そんな商売女のとこにしけこむより先に、あの人、自分でオールド・ベイリーの監獄に行くと思うよ。でもね、もし彼がわざわざオールド・ベイリーに出頭したら、あの警察官殿は、彼にカクテルをごちそうして、葉巻をくゆらせて、この街のとあるビジネスについて相談をするんじゃないかな、だって、物事がそう都合よく運ぶとは限らないんだから、この街では。ねえパパ、なにしろあのお偉いさん、あたしの結婚式に来てくれて、超感じ良かったんだよ。

ピーチャム　その警察官はなんて名前だ？

ポリー　ブラウンさん。でもパパはタイガー・ブラウンって名前しか知らないでしょ。だって彼にびびっちゃう人はみんなタイガー・ブラウンって呼んでるもんね。でもあたしの夫は、彼のことジャッキーって呼んでんの、わかる？　だってあの人にしてみたら、ただの親友ジャッキーだからね。若い頃からの親友。

ピーチャム　そうかそうか、二人は親友か。警視総監と犯罪王、なるほど、この大都会でこれ以上しっくりくる友情は他にねーよ。

ポリー　（詩的に）二人はカクテル飲むたびに、互いの頬を手でさすり、おまえはまだまだいけるクチ、ならつきあうさこの杯。ひとりが遠く旅立てば、残るひとりの目に涙、おまえがどこかに行くのなら、ついていきます anywhere。

ピーチャム　マックに都合の悪いネタなんて、スコットランド・ヤードにはひとつも挙がってないいんだからね。

そうかそうか――火曜の晩から木曜の朝にかけて、過去数回の結婚歴があるマックヒース氏は、我が娘ポリー・ピーチャムを、再婚を口実として実家から誘拐いたしました、と。一週間たたないうちに、あいつは絞首台にぶら下がることになるな、それが当然の報いだ。「マックヒースさん、以前あなたは、白い革手袋をはめ、象牙のグリップのついたステッキを握り、首筋には傷痕を見せ、イカホテルに出入りしておられた。残ったのは、あなたのトレードマークの中では最も値打ちのない、その傷痕だけ。出入りできるのは、この牢獄だけ。そしてまもなく、この世に出入りすることすら、叶わなくなるでしょう」

ミセス・ピーチャム　ああジョナサン、そんなにうまくいくとは思えないよ、だって相手は刃のマッキーだよ、ロンドン一の大悪党と呼ばれてる男だよ。欲しいものは手に入れる男なんだよ。

ピーチャム　ったく、刃のマッキーってのは何者だ！　支度しな、おれたちはロンドンの警視総監殿に会いに行く。おまえはターンブリッジな。

ミセス・ピーチャム　あいつのお姐ちゃんたちのところへね。

ピーチャム この世の悪を避けたくば、駆けずり回れどこまでも、この世は食うか食われるか、隙を見せたら無一文、ってとこだな。

ポリー あたしはね、パパ、ブラウンさんにまた会えたら、嬉しくなって手をギュッてしちゃうと思うんだ。

三人は舞台の前へと進み、歌の照明の中で、第一幕のフィナーレをうたう。パネルにはタイトルが書かれている。

第一幕の三文フィナーレ
人間は自分をとりまく状況に安住してはならない件

ポリー
したいことしたい
やりきれないから
彼に抱かれたら
これ高望み？
小さな望み

ピーチャム （聖書を手にして）
この世に生きる人の権利
短い命、幸せに

ミセス・ピーチャム

分かちあいたいな、喜び
石じゃなくてパンを食べたい
生きるため譲れない権利
でも、誰も見たことがない
ごこの誰が手に入れる
みんな望むけれどごしかし
許されない状況

優しくしたい
なんでもあげたら
人生の宝
でもありえない
そうありえない

ピーチャム

みんな善人でありたい
施すのがなぜダメか
天国とて遠くはない
恩寵の光の中
みんな善人でありたい
でもこの星じゃ無理みたい
みんな貧乏・乱暴

平和がいいけれどしかし
許されない状況

ポリーとミセス・ピーチャム
この世は貧しくって人は悪どい

ピーチャム
この世は貧しくって人は悪どい
でも見たい、神の国
状況的に無理、それでも……
ない！　許されはしない
あなたの兄弟
肉が足りてない
キレて顔に蹴り
誠実でいたい
あなたの悪妻
愛が足りてない
キレて顔に蹴り
ありがとう、言いたい
あなたのクソガキ
パンが足りてない
キレて顔に蹴り
人間でいたい！

ポリーとミセス・ピーチャム
悲しい話
虚しい私
貧しい退廃
父君正しい

ピーチャム
この世は貧しくって人は悪ごい
善人、一番
状況がそれを許さん

三人
なんともならない
どうしようもない

ピーチャム
貧しい退廃
Listen to me、正しい

三人
悲しい話
虚しい私
なんともならない
どうしようもない！

第二幕

4

木曜日の午後。(12) 刃のマッキーは、義父を警戒し、ハイゲートの沼地に逃れるべく、妻に別れを告げる。

馬小屋

ポリー (登場して) マック! マック、驚かないでね。

マック (ベッドに横たわり) ん、どうした、なんて顔してんだ、ポリー?

ポリー あたし、ブラウンさんのところにいたの、したらパパもそこにいてね、ふたりであなたを逮捕するって決めちゃったの。ブラウンさんはあなたの味方をしてたのに、パパがなんかおっかないことを言って脅したから、とうとう折れちゃったの。んで彼が言うには、こうなったらしばらくのあいだ身を隠してくれ、大至急よろしくだって、マック。急いで支度しなきゃ。

マック なんだよ、支度なんて意味ねーよ。こっち来な、ポリー。支度じゃなくて、別のことがしたくなっちまった。

ポリー ダメ、今そんな場合じゃない。超びびったんだから。絞首刑がごうとかって何度も聞こえたよ。

マック そういうのは気に入らねーな、ポリー、おまえのそういう感情的なアレはな。おれを逮捕できるネタなんて、スコットランド・ヤードにはひとつも挙がってやしねーよ。

ポリー うん、昨日まではたぶんそう、でも今日は突然、すんごいたくさんの情報が入ってきたんだよ。あなたの罪状は——告訴状を持ってきちゃったんだけどさ、まだ他にあるかどうかわかんないんだけどね、これリストなんだけど、えんえんと書いてあるよこれ——自営業者二名殺害、家宅侵入三〇件以上、辻強盗二三件、放火、計画殺人、偽造、偽証、ぜんぶがこの一年半の出来事。やばい人だよね。ウィンチェスターでは、未成年のシスター二名とのわいせつ行為。

マック おれには二〇歳過ぎてるって言ってたぜ。ブラウンはなんて言ってた。（ゆっくりと立ち上がり、口笛を吹きながら、舞台端に沿って上手へ行く）

ポリー 廊下であたしをつかまえて、親友にしてやれることはもう何もないって。あ、マック！（マックの首に抱きつく）

マック ＯＫ。おれがトンズラしたら、今やってるビジネスのマネジメントは、おまえの担当な。

ポリー　仕事の話なんてやめてよ、マック、聞きたくない、もう一度、あなたのかわいそうなポリーちゃんにキスして、そんで約束して、あたしのこと、絶対、絶対……

マックはおもむろにポリーをさえぎり、彼女をデスクに連れて行くとむりやり椅子に座らせる。

マック　これが台帳だ。よく聞きな。これがメンバーのリストな。いいか、曲がり指のジェイコブ、うちに所属して一年半、どれだけ稼いだか見てみるか。金時計が一、二、三、四、五個。大したことねーけど、こいつの仕事にはミスがねーんだよ。だからおれの膝に座るなって、そういう気分じゃねえっつってんじゃん。こっちはしなしなのウォルター、信用できねえ野良犬だ。戦利品を勝手に売りさばいてやがる。三週間だけ猶予を与えて、そしたらクビだ。おまえがこいつのこと、さっさとブラウンに密告するんだ。

ポリー　（すすり泣いて）さっさとブラウンに密告します。

マック　ジミー二世、恥知らずな野郎だ、稼ぎはいいが、恥知らずなんだよ。上流階級の貴婦人がケツをさらして寝ている下から、シーツを引っぺがしてくるような奴なんだよ。こいつのギャラは前貸ししときな。

ポリー　こいつのギャラは前貸ししときます。

マック　のこぎりのロバート、チンケな野郎だ、かつての才能のカケラも残ってねーよ、死刑にはなりっこねーけど、くたばったって一銭も残らねーだろうなあ。

ポリー 一銭も残らねーです。

マック 他のことは、これまで通り、きっちりやってくれりゃあいい。七時起床、洗顔、入浴一回、などなど。

ポリー あなたが一〇〇パーセント正しいです。あたし歯を食いしばって、ビジネスに取り組みます。あなたのものはあたしのもの、だよね、マッキー？ そうだ、このお部屋はどうするの？ 手放した方がよくない？ 家賃もったいなくない？

マック いや、これはまだ必要なんだよ。

ポリー でもなんで？ うちらのお財布から支払うわけじゃん！

マック おまえさぁ、おれがもう帰ってこないって思ってんだろ。

ポリー なんで？ だってまた借りたらいいじゃん！*6 マック……マック、あたしもうムリ。あたしを裏切らないでね、マック？

マック もちろん裏切らねーよ、そりゃお互い様だ。おれがおまえのこと愛してないって思ってんのか？ おまえのことしか見てねーじゃん。

ポリー あたし、あなたに超感謝してるんだよ、マック。あたしのこと大切にしてくれて。他の人たちはあなたのこと追いかけ回してるけどさ、まるで猟犬みたいに……

「猟犬」という言葉を聞いたとたん、マックは身をこわばらせて立ち上がり、上手に行き、上着をかなぐり捨てて、手を洗う。

マック　（慌てて）純利益は今後、マンチェスターのジャック・プール銀行に送金してくれ。ここだけの話だけどな、数週間以内にケリつけるつもりだけどな、おれな、銀行業に鞍替えしようと思ってんだ。こんな稼業より手堅くて、しかも儲かるだろ。今から二週間以内におれは我が社の口座から預金を引き出す。おまえはブラウンのところに行って、警察にさっきのリストを差し出す。そうすりゃせいぜい四週間以内に、こんな人間の屑どもは、オールド・ベイリー監獄におさらばだ。

ポリー　だけどマック！　それであの人たちに顔向けできる？　もしあなたが使い捨てにしちゃったら、処刑されてもおかしくない人たちなんでしょ？　それって仲直りなんてありえないよね？

マック　誰の話だよ？　のこぎりのロバートか、ジャラ銭のマサイアスか、曲がり指のジェイコブか？　どいつもこいつもヤクザ者じゃねえか！

ギャングたち、登場。

マック　諸君、ようこそ。

ポリー　こんにちは、みなさん。

マサイアス　団長！　戴冠式のスケジュール表、これ必要、喉から手が出るほど、おれらがゲット、言っとくけど、今からの仕事、超ハード。カンタベリーのあの大司教、到着するぞ、三〇分後。

マック　つまり何時だ？

マサイアス 五時半。すぐに出発しねーと、団長。
マック だな。おまえらさっさと行ってこい。
ロバート おまえらって？
マック あのな、おれは別行動だ。残念だけど、ちょっと旅に出なきゃならなくなった。
ロバート なんてこった、パクられそうなんすか？
マサイアス しかもよりによって、戴冠式が迫ってるこのタイミングかよ！　あんたのいない戴冠式なんて、スプーンのねえスープかよ！
マック うるせえ！　その目的を達成するために、短期間だが、我が社の経営は家内にまかせたいと思う。ポリー！（マックはポリーを前に押し出し、自分は後ろへ退き、彼女の様子を見る）
ポリー 若い衆、あたしゃ、うちらの団長には、気兼ねなく旅に出てもらいたいって思ってんだ。だからこの案件は、うちらでちゃっちゃと片付けちまうよ。それも完璧にね、できるよね、あんたたち？
マサイアス 文句があるわけじゃねーよ。けど、こういうときに女でいいかっつーのは……いやあんたに対してどうこう言いたいわけじゃねーんだけど、奥さん。
マック （後ろから）なんて答えんだ、ポリー。
ポリー てめー、このゲス野郎、調子のいいことぬかしやがって。（叫ぶ）あたしに対してどうこう言いたいわけじゃないって、当たり前だろ！　あたしに文句つけようってんなら、この連中がとっくにてめーのズボンをひっぺがして、そのケツに一発お見舞いしてるとこだ、違うか、おまえら？

一瞬の間の後、全員が憑かれたように拍手する。

ジェイコブ いやー、貫禄十分、ついていきますって思ったよな？

ウォルター ブラボー、女団長は正しい言葉の使い方をよくおわかり、ポリー万歳！

全員 ポリー万歳！

マック せっかくの戴冠式なのに、こっちにいられないのは最悪だな。一〇〇パーセント成功するビジネスだろ。昼はごこん家ももぬけの殻で、夜は上流階級の皆様がベロベロに酔っ払ってんだからな。そうだ、おまえ飲み過ぎだぞ、マサイアス。おまえまた先週、グリニッジの子供病院に放火したのは自分だ的なことを吹聴しただろ。もういっぺんやらかしたらおまえクビな。子供病院に火をつけたのは誰ですか？

マサイアス いやおれだし。

マック （他のメンバーたちに）放火したのは誰ですか？

他のメンバーたち あんたです、ミスター・マックヒース。

マック 誰ですか？

マサイアス （不機嫌に）あんただよ、ミスター・マックヒース。このやりかたじゃあ、おれらみたいのは、どうやったって上に行けねえじゃねえかよ。

マック （身振りで縛り首をほのめかして）おれと張り合えるって思ってんなら、すぐにてっぺんまで昇れるさ。だいたいな、オックスフォードの教授が学問的な間違いをやらかして、それを弟子に指摘させたなんて話、聞いたことあるか？

指摘するなら自分でするだろ。

ロバート 奥さん、ご主人の旅行中は、なんでも自分らに指示してください。あと毎週木曜には清算の方をひとつ、奥さん。

ポリー 毎週木曜ね、了解。

ギャングたち、退場。

マック じゃあいよいよお別れだ、おれと一緒んときと同じように、美味しそうな女でいてくれよな、毎日メイクも欠かさずにな、とっても大事なことなんだぜ、ポリー。

ポリー あなたもね、マック、他の女には会わないって約束して、そしたらすぐ出かければいいよ。信じてほしいんだけど、あんたの可愛いポリーはさ、これ嫉妬で言ってるんじゃないんだよ、とっても大事なことなんだよ、マック。

マック だけざなポリー、なんでおれが、あんな年増のバカ女たちに心奪われるって思うんだよ。おれが愛してるのはおまえだけだ。夜の帳が降りたなら、盗んで逃げるさ黒い馬、おまえが月を見る頃にゃ、沼地の彼方にさようなら。

ポリー ああマック、この体から心だけ引きちぎるつもり？　あたしのそばにいて、ふたりで幸せなまんまがいいよ。

マック おれだって、この体から心だけむしりとられるんだ、姿を消して、いつ帰ってこられるかもわからねーんだから。

ポリー 本当に短いあいだだったね、マック。

マック おしまいみてぇじゃん？

ポリー ああ、あたし昨日夢を見たんだ。あたしは窓から外を見てて、通りから爆笑が聞こえてきて、そっちを見たらそれはお月様で、お月様は、まるで擦り減ったコインみたいに、ぺったんこだったんだ。あたしのことを忘れないで、マック、よその街に行っても。

マック 忘れるわけないさ、ポリー。キスしてくれ、ポリー。

ポリー さよなら、マック。

マック さよなら、ポリー。（退場しながらうたう）
愛は永遠（とわ）に続くか
終わっちゃうか……だ

ポリー（一人で）もう帰っては来ないんだね。（うたう）
ステキなとき
過ぎ去った
裂かれるように
さようなら
泣いても無駄
マリア様
ママはみんな
わかっていた

幕間狂言

幕の前をミセス・ピーチャムと酒場のジェニーが歩く。

ミセス・ピーチャム じゃああんたたち、数日のうちに刃のマッキーを見かけたら、近くの交番に駆け込んで通報してちょうだい、賞金は一〇シリングよ。

ジェニー でも、お巡りさんたちに追い回されてる最中に、うちらの前に現れるかな？

ミセス・ピーチャム 狩りが始まったってのに、その獲物がうちらんとこで暇つぶしなんてする？ あんたに言っとくけどね、ジェニー、ロンドン中があいつを追いかけたって、自分の習慣をあきらめるような男じゃないよ、マックヒースは。（うたう）

セックスの虜（とりこ）のバラード

一

悪魔もかなわぬ悪魔
獲物を捕えズタズタ
ありゃ最悪の女衒（せげん）だ
そいつを操るのも女
女と見りゃいつでも

これがセックスの虜
聖書も法律も知らぬ
エゴイストだと自覚
女がいりゃ前後不覚
油断は禁物
昼は禁欲できても
夜は肉欲の虜

2

人はくたばる別れる
偉人とて飲む打つ買う
浮気はしないと誓う
そいつを葬るのも娼婦
女と見りゃいつでも
みんなセックスの虜
聖書も法律も大事
ちゃんと持ってるポリシー
昼は、ムラムラ興奮せずに
午後は思想を学び
いつも向上できても
いつか肉欲の虜

5

戴冠式の鐘の音もまだ鳴り止んではいないのに、刃のマッキーはターンブリッジの娼婦たちの隣にいた！　娼婦たちは彼を裏切る。木曜日の夜。

ターンブリッジの娼家

いつもと変わらない午後。ほとんどの娼婦たちは下着姿で、洗濯をしたり、ナイン・メンズ・モリス〔ボードゲームの一種〕で遊んだり、体を洗ったりと、牧歌的な風景である。[*7] 曲がり指のジェイコブが新聞を読んでいる。誰も彼に気を遣ってはおらず、むしろ彼は邪魔である。

ジェイコブ　今日は来ねーよ。

娼婦　そう？

ジェイコブ　もう来ねーんじゃねーかなあ。

娼婦　それ残念。

ジェイコブ　そうかい？　おれが知る限り、団長はもう街の境界線の外だ。今回ばかりは、ずらかれ！　ってね。

マックヒース登場。釘に帽子をかけ、テーブルの奥にある椅子に座る。

マック コーヒー頼むわ！

ヴィクセン （感心して繰り返す）「コーヒー頼むわ！」

ジェイコブ （仰天して）ハイゲートに行かなかったんすか？　なんで？

マック 今日は木曜だぞ。おれの習慣をな、こんなくだらないことでな、中止するってわけにはいかねえだろ。（床に告訴状を投げ捨て）おまけに雨だしな。

ジェニー （告訴状を読んで）国王陛下の名において、マックヒース団長に対する告訴に及びます。告訴事実は三重に渡り……

ジェイコブ （ジェニーから告訴状を取り上げ）おれの名前も出てるんか？

マック 当たり前だ、全員だ。

ジェニー （他の娼婦に）ね、これが告訴状だって。（間）マック、手を貸して。

マック、手を差し出す。

ドリー いいね、ジェニー、手相を読めば、あんたはなんでもお見通し。（石油ランプをかざす）

マック 遺産が山ほどご転がり込むってか？

ジェニー 違う、遺産じゃない！

ベティ なんでそんな顔してんの、ジェニー、鳥肌立っちゃうんだけど？

マック　近いうち、遠い旅に出るってか？
ジェニー　ううん、遠い旅でもない。
ヴィクセン　じゃあ何が見えんの？
マック　頼む、悪い話じゃなくて、いい話だけにしてくれ！
ジェニー　えーとね、濃い闇とわずかな光が見える。それから大きなLの文字、あるレディが悪巧みをしてるんだ、それから…
マック　ストップ。濃い闇とわずかな光って、もうちょっと具体的に教えてくれよ、例えばその、悪巧みをしている女ってのは誰だ。
ジェニー　その名前は、Jで始まるってことしか、あたしには言えない。
マック　じゃあ間違いだ。そりゃPで始まるはずだ。
ジェニー　マック、ウェストミンスターで戴冠式の鐘が鳴ったら、あんたの身に災いがふりかかるよ。
マック　もっと説明しろって！（ジェイコブ爆笑する）なんだ？（マックはジェイコブのところに走り、読む）ぜんぜんちげーよ、三人しかいなかったじゃねーか。
ジェイコブ　（笑って）その通り！
マック　いい下着着てんじゃん。
娼婦　ゆりかごから墓場まで、下着に始まり下着に終わるってね！
年をとった娼婦　あたしはシルクは着ないんだ、だって殿方がすぐに「具合悪い？」って聞くんだもん。

ジェニーはひそかに、ドアを開けて外へ立ち去る。

もう一人の娼婦　（ジェニーに）どこ行くの、ジェニー？
ジェニー　後でわかるよ。（退場）
モリー　でも手織りのリネンじゃあ、お客がドン引きだよね。
年をとった娼婦　あたし、手織りのリネンでうまくいったことあるよ。
ヴィクセン　そりゃ彼たちとしてはさあ、実家を思い出すんじゃないの。
マック　（ベティに）おまえのは、また黒のヒラヒラか？
ベティ　いっつも黒のヒラヒラですー。
マック　おまえの下着は？
もう一人の娼婦　えー、恥ずかしいんだけど。あたし自分ちに男連れ込めないんだけどさー、っていうのも、うちのおばさんが超男狂いなの、だからあたし下着なんにもつけないで、家の前に突っ立ってんだけど、意味わかる？（ジェイコブ笑う）
マック　読み終わったか？
ジェイコブ　いや、ちょうど強姦のところっす。
マック　（再びソファへ）しかしジェニーはどこよ？　お姐ちゃんたち！　我が運命なるあの星が、この街の空に冴え渡る、それよりはるか前のこと……
ヴィクセン　「我が運命なるあの星が、この街の空に冴え渡る、それよりはるか前のこと……」
マック　おれは、あんたらの仲間のひとりと、最低な生活をしてただろ。今でこそおれは刃のマッキーと呼ばれ、幸せな日々を過ごしてるけど、でも、あの暗い日々を共にしたパートナーを、決して忘れちゃいねえ。そう、お姐ちゃんたちの中で、おれがいちばん愛した女、ジェニーだ。聴いてくれ。

マックがうたっているあいだ、上手の窓の前にジェニーが立ち、[13] 警官のスミスに合図する。そこにミセス・ピーチャムも加わる。街灯の下に三人が立ち、娼家を監視する。

ヒモのバラード[14]

1

マック

今はもう昔話
あいつとふたり暮らし
あいつはその身を売り
おいらは頭使い
用心棒、悪くない
お客が来たら隠れましょ
お酌してサービスいたしましょ
勘定が済んだらごあいさつ
またのご利用待ってます

満ち足りた半年は
売春宿が我が家

ジェニーがドアのところに現れる。後ろにスミス。

2

ジェニー

今はもう昔話
あいつと愛しあって
お金なかったとき怒鳴られて
質屋にその下着を持っていけ
商売に、それは要らねえ
それであたしはむかついた
何度もざけんなとかみついた
したら殴られ口を切り
毎度寝込んで動けない

二人

うるわしき半年は
売春宿が我が家

3

二人　あのころ、過ぎ去りし日[*8]

マック　それほど暗くはないさ

ジェニー　抱き合うのは昼のみ

マック　夜は千客万来だ
昼しても悪かない

ジェニー　したら赤ちゃんできちゃった

マック　ベッドじゃ彼女上、おれが下

ジェニー　だってペチャンコは嫌だもの

マック　だけど死んでしまったあの子

二人　思い出す半年は
売春宿が我が家

ダンス。マックは仕込み杖をとり、ジェニーは彼に帽子を取ってやる。マックはなお踊るが、スミスがマックの肩に手を置く。

スミス　さて、行こうか！

マック　このおんぼろ小屋は、相変わらず出口が一つっきゃねーのかよ？

スミスはマックに手錠をかけようとする。マックはスミスの胸を突き飛ばし、スミスは後ろによろめき、マックは窓から飛び出す。窓の外には、ミセス・ピーチャムと警官たちが立っている。

マック　（落ち着き払って、馬鹿丁寧に）こんばんは、奥様。

ミセス・ピーチャム　親愛なるマックヒース様。主人が申しますにはね、歴史に残る偉大な英雄だって、こんなつまらない障害物に、つまずいたものなんだそうですのよ。

マック　うかがってよろしければ、ご主人はお元気ですか？

ミセス・ピーチャム　これでまた元気になりますわ。あなたときたら、こんな素敵なお姐さん方と、今ここで、お別れしなきゃなりませんのね、お気の毒。お巡りさん、あのね、この方を新しいお家へとお連れして。（警官はマックを連れ去る。ミセス・ピーチャムは窓に向かって）お姐さん方、もし彼を訪ねたかったら、これからはいつでもご在宅、なにしろオールド・ベイリー監獄にお引越しですから。そうさ、あの野郎がノコノコ淫売屋に顔を出すってくらい、こちとらお見通し

だったんだよ。請求書はあたしんとこに持ってきな。お達者で、お嬢ちゃんたち。（退場）

ジェニー　ジェイコブ、あんた、何が起きたかわかってる？

ジェイコブ　（新聞を読みふけっていて気づいていない）ん？　マックはどこだ？

ジェニー　警察（サツ）が来たんだよ！

ジェイコブ　なんだって、おれはただ、読んで、読んで、読みまくって……やべぇ、やべぇ、超やべぇ！（退場）

6

娼婦たちに裏切られたマックヒースは、また別の女の愛のおかげで監獄から解放される。

オールド・ベイリー監獄の檻

ブラウン登場。

ブラウン　おれの部下たちがあいつを捕まえなきゃいいんだがな！　ああ神様、あいつが馬に乗ってハイゲートの沼地の彼方にトンズラし、このジャッキーのことを思ってててくれりゃあいいんだが。しかし、あいつも軽はずみだからなあ、だいたいすげえやつに限ってそうなんだよなあ。もしも今、あいつが連れてこられて、誠実なる親友、みたいな感じでおれの目を見つめたら、耐えられねーよおれは。ありがたいことに、かろうじて月は明るいから、今頃沼地を渡ってんなら、少なくとも道に迷うことはねーだろ。（奥で騒音）なんだ？おお神様、あいつら連行してきやがった。

マック　（太いロープで縛られ、六人の警官を伴い、堂々たる態度で入ってくる）おい、金魚の糞ども、懐かしの別宅に舞い戻ったってわけだ、ありがてえこった。（ブラウンが隅っこに逃げていくのに気づく）

ブラウン　（旧友の恐ろしい視線を浴びて、長い沈黙の後に）ああマック、おれがアレしたわけじゃ……できることはぜんぶやったんだって……そんな目で見ないでくれよ、マック……耐えられれんよ……黙ってたらおっかねえじゃねえか。（一人の警官に怒鳴る）引っ張ってんじゃねえ、バカ……なんか言ってくれ、マック。情けねえジャッキーになんか言ってくれ……ひとことでいいから頼むよ、このおれの、暗く沈んだ……（頭を壁にくっつけて泣く）おれなんか、ひと声かける値打ちもないってわけだ。

マック　惨めな野郎だな、ブラウン。やましい心が服着て歩いてんのか。警視総監殿がこのザマか。こいつを怒鳴りつけなくて正解だ。初めは怒鳴ろうかと思ったけどよ、ギリギリのタイミングで考え直したんだよな、ネチネチ責めるような目で見る方が、こいつの背中がゾゾってなるんじゃねえかってな。命中したな。おれが睨んだら、泣き出しやがった。この心理テクニックは聖書

で勉強しました。(15)

スミス、手錠を持って登場。

マック やぁ、看守殿、その手に持ってんの、いちばん重いやつだろ？　おたくの寛大なる許可により、もうちょっとばかし楽なのにしてもらいてーんだけど。

スミス (小切手帳を引っ張り出す)はぁ、団長殿、お値段に応じていろいろ取り揃えております。ご予算次第ですな。一ギニーから一〇ギニーまで。

マック 手錠なしは？

スミス 五〇ギニー。

マック (小切手にサインする)しかしなぁ、ルーシーとの一件がばれちまったら最悪だなぁ。ブラウンと仲良くする裏で、あいつの娘とやってたことがばれちまったら、ブラウンの野郎、マジで虎に化けちまうなぁ。

スミス 身から出た錆ってやつですか。

マック あの女、もう外で待ってるに決まってんな。死刑執行まで素敵な毎日だなぁ。ひとりひとりが考えてくれ、「ライフ・スタイル」ってのはこれ？　趣味の良さなんて求めたって、おれの周りにゃありゃしねえ。ガキの頃からよく耳にして、震えたセリフと言えばこれ、「ストレスなしで暮らせるのって、たんまり儲けたやつらだけ」

歌の照明、金色の光。パイプオルガンがイルミネーションで飾られる。バトンに吊るされた三つの灯体とパネルが降りてくる。パネルにはタイトルが書かれている。

ストレスのない生活のバラード(16)*9

1

偉大な奴等の暮らしは
本は一冊、お腹はスカスカ
ネズミが走る掘っ建て小屋
だけどスッカラカンはごめんだ
したいやつはすればいい
おれは勘弁願いたい
小鳥だって飛べやしない
一日すらもたない
自由ってなに？　それ美味(うま)い？
ストレスフリー、金次第

2

冒険家は大胆な生き物

自分の命が売り物
自由奔放、喋ることは本当
トークは俗物の読み物
でも夜はそうじゃない
ベッドの妻は冷たい
ファンはどこだと聞き耳
未来を夢見ため息
そこで問いたい、これ愉快？
ストレスフリー、金次第

3

自分に言い聞かせたんだ
孤独な偉人になりたいな
ところが偉人に会ったら
おおっとマネするもんじゃないな
貧乏人、賢いが苦しい
偉人、有名だけれどキツい
孤独な偉人だった君
かっこつけるのはもう終わり
それでいい、お幸せに
ストレスフリー、金次第

ルーシー登場。

ルーシー あんたは最低の悪党だ、あんたは――よくもまああたしの目を見られるよね、いろいろあったよね、うちらのあいだには何がありましたか？

マック ルーシー、おまえには心ってものがねーのかよ？　おまえの亭主がどうなってっか、見りゃわかるだろ！

ルーシー あたしの亭主！　鬼畜か！　ピーチャムのお嬢さんとの一件を、あたしが知らないとでも思ってるわけ！　おまえ、目玉かっぽじってやろうか！

マック ルーシー、マジな話、おまえそんなバカじゃないって思ってっけど、まさかポリーに嫉妬してる？

ルーシー 結婚なんかしてませんって言いたいのかな、ケダモノ君？

マック 結婚？　うける。そりゃおれはあの家に出入りしてるよ。彼女と喋るよ。ときどきは形だけキスもするよ、したらあのガキみてえな女が、あっちゃこっちゃかけずり回って、結婚した結婚したって言いふらしてるって話じゃん。ルーシー、おれはおまえを安心させるためならなんだってするつもりでいいんじゃん、もしおまえが、あの娘とおれが結婚したって信じ込んでるんなら――OK。これ以上グダグダ言うのは男らしくねーや。黙るよ。

ルーシー ねえマック、あたしはただ、ちゃんとしたパートナーになりたいだけなの。

マック そのために結婚したいっておまえが思ってんなら――OK。これ以上グダグダ言うのは、男らしくねーや。言葉は要らねえ。

ポリー登場。

ポリー うちの主人はどこ？　ああマック、ここだったのね。目をそらさないで、恥ずかしく思うことなんかないんだよ、あたしはあなたの妻なんだから。

ルーシー ほーら、やっぱあんた最低の悪党だよ！

ポリー ああ、マッキーが牢獄に！　なぜ馬にまたがって、ハイゲートの沼地の彼方へ逃げなかったの？　女たちのとこへなんかもう行かないって約束したじゃん。あいつらがあなたをどんな目にあわせるか、あたし知ってたんだよ。でもあたし、その話しなかったのは、あなたを信じてたから。マック、あたしあなたと一緒よ、死ぬまで一緒。――なんにも言ってくれないの、マック？　見てもくれないんだ？　ねえ、マック、そんなあなたを見ている、あなたのポリーちゃんがどんなに辛いか、想像してみてよ。

ルーシー はいはい、こちらがアバズレちゃんねー。

ポリー どういうこと、マック、いったいこの人誰？　彼女に言ってあげて、あたしが誰なのか。言って、お願い、あたしはあなたの奥さんだって。奥さんだよね？　こっちを見て、あたしはあなたの奥さんだよね、違う？

ルーシー コソコソ汚いマネしやがって、このドブネズミ、あんた、あんたには奥さんが二人いるんかい、このごチンピラ！

ポリー 言ってよ、マック、あたしはあなたの奥さんじゃないの？　あなたのために何もかもしてあげたのは、あたしじゃなかったっけ？　あたしは、汚れてない体であなたと結婚したんだよ、わかってると思うけど。あなたが部下たちをまかせてくれたのもあたし、相談した通りにぜんぶきちんとやってるのもあたし、ジェイコブからのメッセージを持ってきたのも……

マック　おまえらが二分間だけお口にチャックしてくれたら、ぜんぶ説明できるんだけど。

ルーシー　やだよ、お口にチャックなんてありません、我慢できません、血も涙もある人間なんで、耐えられませーん。

ポリー　ねえ、あなた、もちろん妻であるあたしの方に……

ルーシー　妻!!

ポリー　……妻の方に、当然、優先権があるわけだよね。少なくとも表向きはそうなんだよ、残念でした、ア・ナ・タ。こんな面倒臭いのばっかじゃ、誰だっておかしくなるって。

ルーシー　面倒臭いのって、言ってくれんじゃん。あんた、よりによって、なんでこの女？　こんなしょんべん臭い不良少女（マセガキ）！　これがあんたにとっちゃ、とびっきりの戦利品！　これがあんたにとっちゃ、ソーホー一の美人ちゃん！

歌の照明、金色の光。パイプオルガンがイルミネーションで飾られる。バトンに吊るされた三つの灯体とパネルが降りてくる。パネルにはタイトルが書かれている。

嫉妬のデュエット

ルーシー　おいでよ、美人ちゃん
すらりとした足見せて

ポリー　あたしのこと？

ルーシー　女の魅力を見せて
あたしにはないのよね

ルーシー　この売女（ばいた）！

ポリー　るせぇすべた！

ルーシー　どこに惹かれたんだろ、このひと

ポリー　言おうか？　言おうか？

ルーシー

ポリー　本当に笑えるけど
ルーシー　笑えば？　笑えば？
ポリー　うけるんだけど！
ルーシー　うければいいよ
ポリー　マックがあんたを！
ルーシー　マックがあたしを？
ハ、ハ、ハ、こんなのに
手を出す男がいるわけない
ポリー　まあみてなさい
ルーシー　さあみてなさい
二人　マッキーとね、つがいのように
愛しあい、離れはしない

縛られはせず
終わりにはせず
邪魔するやつは
バカじゃね！

2

ポリー 人呼んで美人ちゃん
みんなこの足をほめ

ルーシー 何言ってんの？

ポリー 女の魅力見たくて
あたしにしかないのよね

ルーシー この売女！

ポリー るせぇすべた！

ルーシー どこに惹かれたんだろ、このひと

ポリー　言おうか？　言おうか？

ルーシー　本当に笑えるけど

ポリー　笑えば？　笑えば？

ルーシー　うけるんだけど

ポリー　うければいいよ

ルーシー　誰があたしを？

ポリー　誰があんたを！

ポリー（観客に）　どう思いますか、こんなのに
手を出す男もいるんじゃない？

ルーシー　まあ見てなさい

ポリー　さあ見てなさい

二人

マッキーとね、つがいのように
愛しあい、離れはしない
縛られはせず
終わりにはせず
邪魔するやつは
バカじゃね！

マック　あのさぁ、ルーシー、まず落ち着こう、な？　こんなのはもう単純に、ポリーの陰謀に決まってんだろ。あいつは、おまえとおれの仲を裂こうとしてんだよ。おれが縛り首になったら、あたしがこの人の未亡人でーすって、嬉しそうに触れて回るつもりなんだよ。マジでさぁ、ポリー、今回はタイミングが悪（わり）ぃわ。

ポリー　あたしのこと否定しちゃうんだ、あなたにはさ、心ってものがあるのかな？

マック　おまえこそ心ってものがあんのかよ？　おれと結婚したとかって、しつこく説き伏せようとしてってけごさあ？　なんで？　ポリー、なんでおれを不幸のどん底に叩き落とさなきゃ気がすまないわけ？（非難するように首を振る）ポリー、ポリー！

ルーシー　実際さあ、ミス・ピーチャム、あんた自分で自分の正体さらしてるよ。それは横に置いとくとしてもね、こういう状況にある男性をこんなふうに苦しめるって、どうかと思うんだ。

ポリー　ご立派なお嬢様、私思いますに、ごくごくシンプルな礼儀作法を学ばれた方がよろしくってよ、つまりね、奥方をお連れの殿方の前では、もう少し控えめにお振る舞いになったらいかが。

マック マジで、ポリー、冗談にも程があるって。

ルーシー じゃあ申しますが尊敬する淑女様、このような牢獄の中で罵り合いをお始めになりたいんでしたら、不本意ではございますが看守に命令して、出口までご案内さしあげるまでのことですわ、お気の毒ですけれど、お嬢様。

ポリー 奥様！　奥様！　奥様！　失礼ですけどこうお返しするほかございませんわお嬢様、あなたがお示しになっている態度は、ご自身を台無しにしておられますことよ。私はと言えば、主人に付き添うのが妻のつとめでございますから。

ルーシー はぁ？　あんた何言ってんの？　何言ってんのって言ってんの！　ふん、居座るつもりなんだ。そうやって突っ立って、梃子でも動かないつもりなんだ。じゃあもう、はっきりさせるしかないね。

ポリー あんたさぁ――今すぐそのくっせえ口を閉じろよブス、じゃなきゃあたいがその口に一発お見舞いしてやるよ、お嬢様！

ルーシー つまみ出してもらうしかないね、こんなしつこい奴は！　この子が相手だと、誰だって手段は選んでらんないね。上品なマナーをわきまえてないからね。

ポリー 上品なマナー！　おやまあ、あたしの方がわざわざ自分のレベルを落としてあげてんだけど！　あたしって人が良過ぎるんだ……そういうことなんだ。
（泣く）

ルーシー あたしのお腹をよく見てごらんよ、このアバズレ！　新鮮な空気を吸っただけでこんなことになる？　まだ目が覚めねーか、こら？

ポリー　そうなんだ！　赤ちゃんがいるんだ！　だから自分は何者かだ、みたいな顔してるんだ？　あんたなんかこの人を乗っけなきゃよかったのよ、お上品な淑女様。

マック　ポリー！

ポリー　（泣いて）ほんと、もうじゅうぶん。マック、こんなの、ありえないよ。あたし、何がしたいんだか、わかんなくなっちゃった。（ミセス・ピーチャム登場）

ミセス・ピーチャム　お見通しでした、うちの娘がこの野郎んとこにいるってことは。さっさとこっち来な、このクソガキ。この野郎の首が吊るされるときに、あんたの首も吊ってもらいたいんかい。牢獄からおまえを助け出すなんて役割を、こんな素敵なママに押し付けるとはね。で、この方は一度に二人も連れ込んでるって、暴君ネロか！

ポリー　ほっといてちょうだい、ママ、だってわかってないじゃん……

ミセス・ピーチャム　今すぐ家に帰るよ。

ルーシー　あなたお聞きになったでしょ、お母様のおっしゃる通りだわ。

ミセス・ピーチャム　さあ行くよ。

ポリー　すぐ行く。でもあたしまだ……あたしまだ彼に言わなくちゃいけないことがあるの……ほんとに……わかるでしょ、ほんと大切なことなの。

ミセス・ピーチャム　（ポリーの頬をビンタして）こっちだって大切なんだよ。おいで！

ポリー　ああマック！（むりやり連れて行かれる）

マック　ルーシー、見事に振る舞ったじゃねえか。もちろんおれは、彼女に同情はしたんだよ。だから、おれはあの女をほごほごにあしらっとくことが、できなかったんだよな。おまえ最初さ、あいつの言ってること本気にしたろ。違うか？

ルーシー　うん、本気にしたよ、ダーリン。

マック　あれがもし本当だったら、あいつの母親がおれをこんな目に合わせるわけねーだろ。おれのことクソミソに言ってたの、聞いたろ？　母親っつーのはさ、自分の娘を誘惑してる男が相手ならまだしも、お婿さん相手にこんな扱いはしねーだろ。

ルーシー　そうやって心の底から打ち明けてくれて、あたし幸せ。あんたのことと

ってでも愛してる、だから他の女の手に渡しちゃうくらいなら、縛り首になってくれた方がマシ。これって別におかしくないよね？

マック　ルーシー、おれは、おまえに命を預けたいのさ。

ルーシー　そんなふうに言われると、キュンってなる。もっぺん言って。

マック　ルーシー、おれは、おまえに命を預けたいのさ。

ルーシー　一緒に逃げよっか、ダーリン。

マック　ああ、でも二人一緒に逃げちまったら、隠れるのが面倒だ、わかるだろ。捜査が中止になったらすぐに知らせるよ、速達ってやつでな、わかるよな！

ルーシー　どうやって助ければいい？

マック　ハットとステッキを持ってきてくれ！

ルーシーはハットとステッキを持って戻り、檻の中に投げ込む。

マック ルーシー、ふくらむお腹の中にいる、おれとおまえの愛の果実、離ればなれで生きようが、永遠にふたりを結ぶ絆。

ルーシー退場。

スミス （登場して、檻の中に入り、マックに話しかける）ステッキはこっちに寄越して。
（ちょっとした追いかけっこの後、椅子とバールでマックを追い回していたスミスから逃れ、マックは檻の外に飛び出し、警官は後を追う。ブラウン登場）

ブラウン （声のみ）おーい、マック、マック！――マック、頼むよ、答えてくれよ、ジャッキーだよ。マック、機嫌を直して答えてくれよ、おれはもう耐えられないんだよ。（入ってくる）マッキー！　なんじゃこりゃ？　トンズラしたか！　ありがたや！（寝台に座る。ピーチャム登場）

ピーチャム （スミスに）ピーチャムと申します。四〇ポンドをいただきに参りました。盗賊マックヒースが逮捕されたそうで、その懸賞金ですな。（檻の前に現れる）どうも、マックヒースさん？（ブラウン、沈黙している）ああ、そうか、もうひとりの方は、散歩にでも行っちまったんですね？　私ね、ここまで来たのは、ある犯罪者に面会するためなんですが、そこに座っておられるのは、ブラウンさん！　タイガー・ブラウンが牢獄にいて、お友達のマックヒースはお留守。

ブラウン　（呻いて）ああいやピーチャムさん、これはおれのせいじゃないんだ。

ピーチャム　そりゃそうでしょ、まさかあんた自身が……だって、んなことしたら、あれがああしてこうなっちゃうわけだから……ありえないでしょ、ミスター・ブラウン。

ブラウン　ピーチャムさん、わたしゃ、呆然としておるんです。

ピーチャム　そう信じますよ。「ひでえこった」って、反省してなきゃおかしいでしょ。

ブラウン　ええ、まさに無力感ってやつでね、へたりこんでるんですわ。あいつら好き勝手やりやがって、ひでえ、まったくひでえ。

ピーチャム　ちょっと横になっちゃどうです。さっさと目を閉じてね、なんにもなかったってことにしてみるんですよ。イメージしましょう、あなたは美しい緑の草原にいる、空には白い雲、それで、嫌なことは頭の中から叩き出しちゃいます、これが肝心。すでに起きたことも、それからね、これから起きてしまうことも。

ブラウン　（不安になって）あんた、何が言いたいんだ？

ピーチャム　ごんだけ強いメンタルをお持ちなんだか。おれがあんたの立場だったら、文字通り崩れ落ちて、ベッドに潜り込んで、お茶でも飲むしかないね。で、誰かがおでこに手を当ててくれてるのを、ぼーっと眺めるとこだね。

ブラウン　おい、いいかげんにしろよ、あの男は脱獄しちまった、おれにはどうしようもなかったっつったろ。警察だって打つ手がねえんだよ。

ピーチャム　そうですか、警察には打つ手がないですか？　じゃあここでマックヒースさんに再会できる見込みはないと、そういう話ですか？（ブラウンは肩をすくめる）となると、あなたの身に、誠によからぬことが起きてしまう。世間はまたしても、こう騒ぎ立てますよ、警察があの男を野放しにしたのは間違いだったと。あーあ、華やかな戴冠式の行列はこれからだってのにねえ。

ブラウン　どういう意味だ？

ピーチャム　じゃあ、ある歴史上の出来事についてお話ししますがね。今は昔、紀元前一四〇〇年頃、大変な注目を集めた事件ですが、今ではほとんどご知られてはおりません。エジプトの国王ラムセス二世が崩御した折、ニネヴェだかカイロだかの警察のトップが、人民の最下層に対して、ちょっとした間違いを犯してしまったんだそうで。その結果は恐るべきものでした。王位継承者である女王セミラミスの戴冠式の行列に、歴史の本によればですな、「最下層の民衆、あまりに熱烈なる体にて参列し、これにより破滅的なる事件、次々と生じたり」と、こういうわけです。セミラミス女王が警察のトップに対して下した処分の残酷さたるや、歴史家も恐怖のあまり言葉を失うほど。正確なところは申し上げられませんが、たしかその男の胸に何匹も蛇をはわせ、さあおまえたち、こやつを餌食とするがいい、それで蛇がガブガブガブッ！

ブラウン　本当か？

ピーチャム　神様がお守りくださいますように、ブラウン。

ブラウン　こうなったら、実力行使でいくしかない、幹部召集！　警報発令！

幕。マックヒースと酒場のジェニーが幕の前で、歌の照明の下でうたう。

第二幕の三文フィナーレ
何によって人間は生きるか？

マックヒース　——
「ちゃんとしろ」と上から目線
「犯罪は言語道断」
それなら先にくれご飯
説教は後でカモン
「おれ満腹、守れ道徳」
そんな考えの君
いくらわめいても屁理屈
モラル後、飯が先
でかいパイを均等に割り
貧乏人にさっさと持ってこい

声（舞台裏で）　人は何によって生きる？

マックヒース　生きる手立て？　いつだって
人をいじめ、脱がせ、襲い、殺し、食う

悪がすべて、自分だって
人なのを忘れている

コーラス　かまととぶるんじゃない
悪事を働く君!

2

ジェニー　「むやみにスカートを脱ぐな
色目もほどほどにな」
それなら先にくれ、まんま
説教は後にしな
「おれ快楽、おまえ恥辱」
そんな考えの君
いくらわめいても屁理屈
でかいパイを均等に割り
貧乏人にさっさと持ってこい

声（舞台裏で）　人は何によって生きる?

ジェニー　生きる手立て?　いつだって

人をいじめ、脱がせ、襲い、殺し、食う
悪がすべて　自分だって
人なのを忘れている

コーラス

カマトトぶるんじゃない
悪事を働く君！

第三幕

7

同じ夜、ピーチャムが出動の準備をしている。「不幸デモ」によって彼は、戴冠式の行進を妨害しようとしている。

ピーチャムの乞食楽屋

乞食たちはプラカードに色を塗っており、そこには「この目玉を陛下にプレゼント」などというような標語が書かれている。

ピーチャム　諸君、この瞬間にも、ドルーリーレーンからターンブリッジに至る我が社の一一の支店で、一四三二人の社員諸君が、君らと同じようにプラカードを作っているところだ、女王陛下の戴冠式に参列するためにな。

ミセス・ピーチャム ほら仕事仕事！　ちゃんと働かないと、乞食なんかできないよ。あんたは盲人をやろうってのに、「陛下」の「陛」の字もちゃんと書けないの？　これは子供が書いたみたいな字の方がいいのよ、そしたら年寄りにぴったりでしょ。

太鼓の連打の音。

乞食 ぼちぼち戴冠式の近衛兵たちが、担え銃！　で行進を始めるところだぜ。あいつら、この軍隊生活の晴れの日に、おれらの相手をすることになるなんて、思ってもいねえだろうなあ。

フィルチ （登場して報告）徹夜明けでクタクタの雌鶏たちが一ダースほど、ヨタヨタ歩いてやってきたっす、ミセス・ピーチャム。金をよこせって騒いでます。

娼婦たち、登場。

ジェニー ごきげんよう、奥様。

ミセス・ピーチャム なに？　鳥も木から落ちる、みたくなってっけど？　あんたたちのアイドル、マックヒースを通報した報酬を受け取りに来たってわけ？　あのね、びた一文支払えません、わかってるでしょ、びた一文。

ジェニー ぜんぜん意味わかんないんだけど、奥さん？

ミセス・ピーチャム こんな深夜にさあ、お店に押しかけてくる、普通?!　午前三時にカタギの家にさあ！　あんたたち寝な、商売が商売なんだしさ。なんかもうね、ゲボッて吐いた牛乳みたいだもん、あんたたち。

ジェニー　あのさ、うちらミスター・マックヒースの逮捕に協力したんだけど、それで約束のお金がもらえないって、どういうこと？

ミセス・ピーチャム　どういうことってそういうことだよ、じゃあウンコでも持って帰れ、ユダと違って金はなし。

ジェニー　でもなんで、奥さん？

ミセス・ピーチャム　なんでって、罪なきマックヒース様は、また行方をくらましあそばしたからだよ。それが理由。わかったらこのきれいなお部屋からさっさと出てってくんないかな、ご婦人方。

ジェニー　おばさんさ、さっきから調子乗ってっけどさ。うちらにナメた真似すんじゃねーよ。はっきり言わねーとわかんねーか。誰だと思ってんだ！

ミセス・ピーチャム　フィルチ、ご婦人方がお帰りですって。

フィルチは女たちに突進するが、ジェニーが彼を突き飛ばす。

ジェニー　失礼ですけど、ガタガタぬかすのはご遠慮あそばせ、クソババア。じゃないとただじゃ……

ピーチャム登場。(17)

ピーチャム いったい何事だ、おまえまさか、こいつらに金なんか渡してねーよな、はいじゃあご婦人方に質問。マックヒースさんは檻の中にいるかな？　いないかな？

ジェニー もういいじゃんマックヒースの話は。あんたなんか彼の足元にも及ばないよ。今夜なんか、あたしお客に帰ってもらったんだからね、だって、あの人をあんたなんかに売ったって思ったら泣けてきちゃって、もう枕がビショビショでさ。したらさ、ねえみんな、今朝何が起きたと思う？　私が泣きながら寝ちゃってからまだ一時間も経ってなかったけど、口笛が聞こえたんだよ、そんで通りを見たら、あの人が立ってんの、泣きながら思ってたあの人が、そんで鍵を投げろって言うわけ。あの人はあたしに抱きしめられて、あたしが彼にした仕打ちを忘れさせようとしてくれたんだ。彼こそロンドン最後のジェントルマンだよ、みんな。うちらの仲間のスーキー・トードリーが今ここにいないのだって、あの人、あたしの次に彼女のとこへ行って、彼女を慰めてるからだしね。

ピーチャム （誰に言うともなく）スーキー・トードリー……

ジェニー だから、わかったっしょ、彼の足元にも及ばないんだよ、あんたみたいな下劣なスパイは。

ピーチャム フィルチ、急いで近くの交番に走れ、マックヒース氏は、スーキー・トードリー嬢のところにいるってな。（フィルチ退場）しかしね、みなさん、なんでもめてたんだっけ？　約束のお金は支払いますよ、もちろん。シーリア、おまえここで喧嘩売る暇あんなら、ご婦人方にコーヒーでも入れてきな。

ミセス・ピーチャム　（退場しながら）スーキー・トードリー！（「セックスの虜のバラード」の三番をうたう）

もうすぐ彼は縛り首
棺桶につめきった石灰
切れかけた糸にすがり
なのに頭ん中は、レディ
首に縄でもヤるぞ
これぞセックスの虜
裏切られ売られた男
賞金もらう女
女の穴は墓穴
わかりかけたとこ
自分に腹を立てても
もはや死神の虜

ピーチャム　さあ仕事仕事、おまえらがターンブリッジの下水にまで落ちぶれずに済んだのはな、このおれが、おまえら貧乏人から一ペニーの値打ちでも引き出そうと、夜も寝ないで知恵を絞ったおかげだぞ。おれは気づいたんだ、この地上の金持ちどもは、貧困を生み出すことはできるくせに、貧困を直視することはできないってな。なにしろ連中は、おまえらとまったく同じで、臆病者だし愚か者だからだ。たとえ連中が、死ぬまで困らないくらい食い物を持っていて、自分ちの床をバターで汚したたってて平気で、テーブルからこぼれたパンくずもベッタベタってくらい余裕ぶっこいてるとしてもだ、あいつら、腹が減ってぶっ倒れる人間を目撃して、知らんぷりするってのは無理なんだ。だから、どうせぶっ倒れるんなら、あいつらん家(ち)の目の前でぶっ倒れてやんなきゃな、もちろん。

コーヒーカップをたくさんのせたお盆を持って、ミセス・ピーチャム登場。

ミセス・ピーチャム 朝が来たら、また弊社に立ち寄ってちょうだい、そしたらお金は払います、ただし戴冠式の後にして。

ジェニー ミセス・ピーチャム、あきれて物が言えねーよ。

ピーチャム 整列、一時間後にバッキンガム宮殿前に集合だ。急げ！（乞食たち、整列する）

フィルチ （飛び込んできて）警察(サツ)だ！　交番まで辿り着かなかったっすけど、あちらさんから来てくれたっすよ！

ピーチャム おまえら隠れろ！（ミセス・ピーチャムに）バンド呼んで来い、早く。で、おまえおれが「悪気がない」って言うのを聞いたら、わかるか、「悪気がない」……

ミセス・ピーチャム 「悪気がない」？　意味わかんない。

ピーチャム そりゃわかんねえだろうよ！　だから、おれが「悪気がない」って言ったら……（ドアをノックする音）やれやれ、とにかく「悪気がない」がキーワードな、したら、おまえらでその手の音楽を演奏するんだ。行け！

ミセス・ピーチャムと乞食たち、退場。乞食たちは、「軍隊の横暴の犠牲者」と書いたプラカードを持った少女を残し、プラカードを手に、上手奥、衣裳掛けの裏に隠れる。ブラウンと警官たち、登場。

ブラウン さあ、今日という今日は容赦せんからな、「乞食の友」さんよ。すぐに逮捕するからな、スミス。あら、可愛いプラカードを持ってる子がいまちゅね。(少女に)「軍隊の横暴の犠牲者」——チミがそうなのかな？

ピーチャム おはよう、ブラウン、おはよう、よく眠れたかい？

ブラウン ああ？

ピーチャム おはよう、ブラウン。

ブラウン こいつおれに言ってんのか？　おまえらの中の誰かを知ってんのか？　君とお近づきになれて光栄、なわけねーだろ。

ピーチャム なわけねーんだ？　おはよう、ブラウン。

ブラウン こいつの帽子を頭から叩き落とせ。

スミス、言われた通りにする。

ピーチャム 言っとくけどね、ブラウン、あんたは途中でここに立ち寄っただけだね、途中だろ、ブラウン。で、お願いごとがあるんだが、マックヒースという男がいるね、いいかげん彼を投獄してもらえないかな。

ブラウン こいつイカれてんじゃねえか。笑ってんじゃねえ、スミス。おまえの意見はどうだ、スミス、あのロンドンきってのの犯罪者が、我が物顔で娑婆をうろついてんのは、どういうことだろうな。

ピーチャム あんたの友だちだからだろ、ブラウン。

ブラウン 誰が？

ピーチャム 刃のマッキーに決まってんだろ。おれはあんたの友だちじゃねえ。犯罪者でもねえ。ただの貧しい庶民だよ、ブラウン。あんたは人生最悪の瞬間を目前にしているよなぁ、コーヒーでもどうだい？（娼婦たちに）おい君ら、警視総監殿に一杯恵んでさしあげたらどうだ、ったく、礼儀ってものがねーのかよ。おれたちはみんな、まあまあ平和にやってるじゃねーか。おれたちはみんな、法律を守ってるじゃねーか！　中には、法律をわかってない奴、あるいは、貧しくて法律を守れない奴もいるけど、こういう連中を搾取するためだけに存在してるのが、法律ってもんだろ。で、この搾取のおかげで儲かる側の連中は、厳しく法律を守ってみせなきゃいけないってことだよな。

ブラウン だからなんだ、あんたは我が国の裁判官たちが、賄賂を取ってるとでも言いたいんか！

ピーチャム あべこべだよ、大将、てんであべこべだ。我が国の裁判官たちを買収するなんて、無理な相談だよ。なにしろいくら積んだところで、あいつら、正しい判決なんか下せるわけないじゃないか！

二番目の太鼓の音。

ピーチャム 軍隊が出発する。人間の盾を作るために。貧しい中にも貧しい奴等も出発する。三十分後に。

ブラウン ああ、その通りだピーチャムさん。貧しい中にも貧しい奴等が出発する、三十分後に、行き先はオールド・ベイリー監獄だ、そしたら、もう冬のあいだは戻れねえぞ。（警官たちに）諸君、ここにいる連中を引っくくれ。目の前にいる、この愛国者どもをな、全員逮捕だ。（乞食たちに）やいてめえら、タイガー・ブラウンを知らねえか。今夜こそな、ピーチャム、おれは答えを見つけたんだ、我が戦友を生死の境から救い出す答えだ。おれはおまえらの巣を燻し出す、そして全員ブタ箱にぶち込んでやる、容疑は——そうだ、容疑はどうすんだ？　容疑は、路上の物乞いでいいや。なにしろあんたはこの記念日に乞食どもを派遣して、おれや女王陛下につきまとわせるって、チラつかせたつもりなんだろ。そんな乞食どもは、おれの手で一網打尽だ。勉強になるな。

ピーチャム ブラボー、ブラボー、で——乞食ってのは誰のことですか？

ブラウン ここにいる片輪者たちだ。スミス、この愛国者の皆様をただちに連行する。

ピーチャム ブラウン、急いては事を仕損じるってね。ラッキーだよブラウン、おれんとこに来たのはね。だってご覧よブラウン、このわずかな人数ならもちろん逮捕できるからね、この悪気がない、悪気がない……

音楽が始まる。「人間の努力の報われなさの歌」の数小節が、先行して演奏される。

ブラウン　なんじゃこりゃ？

ピーチャム　音楽だよ。頑張っていい演奏してるだろ。「人間の努力の報われなさの歌」だ、知らねえか？　勉強になるな。

歌の照明、金色の光。パイプオルガンがイルミネーションで飾られる。バトンに吊るされた三つの灯体とパネルが降りてくる。パネルにはタイトルが書かれている。

人間の努力の報われなさの歌

頭を使う
頭だけじゃ不足
頭だけ使う
ならシラミを飼育
　生きのびるにゃ
　ずるさが足りない
嘘偽りは

見抜けない

プランを立てろ
スターになれよ
もひとつプランを立てろ
でもなんにもならねえよ
生きのびるにゃ
悪さが足りない
はいあがるのは
悪くない

幸せ目指せ
で、走りすぎた
みんなで競い合って
幸せ追い抜いた
生きのびるにゃ
遠慮が足りない
努力するのは
空回り

ピーチャム　あなたの作戦はね、ブラウン、いいアイデアだけれども、実行不可能なんだね。ここで逮捕できるのは、一部の若者たちだけでね、こいつらは女王陛下の戴冠式だ！　って嬉しくなって、ちょっとした仮装行列でもやらかそうってノリなんだ。本当に貧乏な連中がやって来ればね、ここには一人もいないんだがね、いいか、そりゃ何千人が押し寄せるってことなんだよ。つまりね、あんたは、とてつもない数の貧乏人が存在するってことを、忘れてんだね。こいつらが残らず教会の前に並んでたらどうだ、お世辞にも晴れがましい光景とは言えないだろ。なにしろ見た目がよくねーよ。顔面丹毒っつー皮膚病を知ってるかい、ブラウン？　その顔面丹毒が一二〇人勢揃いなんて前代未聞だろ？　若き女王陛下だって、バラの花はご所望でも、顔面に咲いたバラの花はお断りだろ。それから手足のない連中が教会の入口に集まってくる。そんな事態は避けたいよな、ブラウン。我々貧乏人なんぞ警察の思いのままだと、あんたは言いたいんだろ。ところが自分でもそんなこと信じちゃいないよな。戴冠式だってのに、六〇〇人の貧しい片輪者が警棒でぶちのめされなきゃならんとしたら、こりゃごんな眺めだ？　いい気持ちはしねーだろ、ウゲエエエだろ、オエエエエだろ。想像しただけで無理、ブラウン、小さいのでいいから椅子持ってきて、お願い。

ブラウン　（スミスに）これは脅迫だよな、君。恐喝だよな。こんな奴に手出しできねえってか、公共の秩序を守るために、何もできねえってか。起きたためしがねえぞそんなこと。

ピーチャム　ところが今起きてまーす。言っとくけどよ、あんたは我が国の女王陛下に対しては好き勝手ふるまえるかもしれねーけど、ロンドンの最底辺に対しては、

ブラウン　ご機嫌を損ねるふるまいはNGだぞ、さもなきゃあんたの首こそブラウンブラウンだぞ。

ピーチャム　刃のマッキーを逮捕すりゃいいんだろ？　逮捕だろ？　簡単に言いやがって。逮捕しようと思ったらまず、そいつの身柄をおさえなきゃならん。

ジェニー　そう来なくっちゃ、だったら私も、話を蒸し返しやしませんよ。じゃあ、あの男の情報を手に入れてみせます。今なお道徳ってものが存在するかどうか、確かめることができますよ。ジェニー、マックヒースさんはどこにいる？

ブラウン　オックスフォード・ストリート二一番地、スーキー・トードリー宅。

ピーチャム　スミス、オックスフォード・ストリート二一番地、スーキー・トードリー宅に急行し、マックヒースを逮捕、オールド・ベイリーに連行しろ。そのあいだに、おれは礼服に着替えなきゃならん。こういう日だからな、きちんと正装しないとな。

ブラウン　ブラウン、もし彼が、六時になっても縛り首になってなかったら……

ピーチャム　ああマック、しくじったよ。（警官たちとともに去る）

ブラウン　（ブラウンの背後から）勉強になったな、ブラウン！

三度目の太鼓の音。

ピーチャム　三度目の太鼓だ。作戦変更。今度の行き先は、オールド・ベイリー監獄だ。急げ！

乞食たち、退場。

ピーチャム （「人間の努力の報われなさの歌」の四番をうたう）
人間はよくない
頭をしばきゃ
お目々はパッチリ
少しはマシ
生きのびるにゃ
良いとこ足りない
しばいてやれば
冷静に

幕。幕の前にジェニーが登場し、手回しオルガンに合わせてうたう。

ソロモン・ソング

―

賢いよソロモン
どうなったか
なんにでも明るく

生まれた時を呪った
すべては虚しく
偉大だね、ああソロモン
まだ生きてるあいだに
噂されるエンディング
それも賢さゆえに
ヒーロー勘弁

2

美しいクレオパトラ
どうなったか
皇帝ふたり餌食に
娼婦のように生きた
そして最後は塵
きれいだね、ああバビロン
まだ生きてるあいだに
噂されるエンディング
それも美貌のゆえに
ヒロイン勘弁

3

勇敢なシーザー
どうなったか
神様扱い
されたが暗殺された
栄華極めたときに
隠し子が下手人
まだ生きてるあいだに
噂されるエンディング
それも勇気のゆえに
ヒーロー勘弁

4

知りたがりブレヒト
うたわれてたら
しつこく尋ねた
「金持ちの金は、どっから来た?」
「うるせえ、出てけ、この国から」
本気だね、クエスチョン
まだ生きてるあいだに
噂されるエンディング

それも知りたがりゆえに
インテリ勘弁

5

お次はマックヒース
絶体絶命
理性の声に従い
盗んでるうちはまだいい
仲間増やし大物に
でも欲に負け、大逆転
まだ生きてるあいだに
噂されるエンディング
それも性欲ゆえに
こんなの勘弁

8

所有をめぐる闘争*10

ルーシーがいる。

スミス (登場して) お嬢様、ポリー・マックヒース夫人がお話ししたいそうです。[18]

ルーシー マックヒース夫人？　お通しして。

ポリー登場。

ポリー こんにちは、お嬢様。お嬢様、こんにちは。

ルーシー どうぞ、なんのご用？

ポリー 私のこと、おわかりですか？

ルーシー もちろんわかってます。

ポリー 今日こちらにうかがいましたのは、昨日の私の非礼を、お詫びしたいと思いまして。

ルーシー 面白いお話ね。

ポリー 昨日の私のふるまいについて、本当になんと申し上げれば――不幸な目にあったせいなんです、そうとしか言えないんです。

ルーシー それは、そうね。

ポリー お嬢様、どうかお許しくださいませ。昨日マックヒースさんがあんなふうにふるまったから、私、頭に血が上ってしまったんです。彼は私たち二人とも、あんな目にあわせちゃいけなかった、そうでしょ、あなただって彼に会ったら、同じことを言うんじゃないかな。

ルーシー 私——私——私は、彼には会わないわ。

ポリー すぐ会うでしょ。

ルーシー 会わないよ。

ポリー ごめんなさい。

ルーシー 彼、あなたのこと好きなのよ。

ポリー 違うの、彼が愛しているのはあなただけ、そのことはよくわかったわ。

ルーシー 優しいこと言うんだね。

ポリー でもお嬢様、男って、自分のこと愛しすぎちゃう女がいると、いつだって不安な感じがするわけじゃん。したらもちろん男は、その女を放置したり、遠ざけたりするわけじゃん。最初にひと目見たとき、あの人あなたには、なにか負い目があるんだって思ったんだ、それが何なのか、あたしにはもちろんわからないけど。

ルーシー あなたそれ、マジで正直にそう思って言ってる？

ポリー もちろん、きっぱりと、正直に、お嬢様。ホントだよ。

ルーシー ポリーさん、うちら二人とも彼のこと愛しすぎたんだよ。

ポリー たぶんね。（間）お嬢様、あなたに説明しておきたいんだけど、どうしてこうなっちゃったのか。十日前にイカホテルで、マックヒースさんに初めて会ったの。ママも一緒だった。そんで一昨日ね、つまりその十日前から数えて一、二、三、四、五日後くらいかな、[19] 私たち結婚したの。けど昨日になって、警察がいろいろな犯罪の容疑で、彼を捜査してるってことを知って。そして今日は、これからどうなるのか、わからない。一二日前にはね、お嬢様、自分が男の人の手に落ちるだなんて、想像もしてなかったの。

間。

ポリー わかる、ミス・ピーチャム。

ルーシー ミセス・マックヒース。

ポリー ミセス・マックヒース。

ルーシー とにかく、この何時間か、あの人についてよく考えてみたの。簡単なことじゃなかったよ。だってわかるでしょ、お嬢様、昨日彼があなたに対してとっていた態度、あたし、ホント羨ましかったもん。彼から離れなきゃいけなくなって、もちろんうちのママにむりやり連れてかれたわけだけど、あのとき彼、あたしのことかわいそうだって思ってくれてる感じが、ゼロだったんだよ。たぶん彼には、心ってものがなくて、かわりに胸の中に、石が入ってるんだ。あなたはどう思う、ルーシー。

ルーシー そうね、お嬢様——ただあたしには、マックヒースさんだけに責任があるかどうかは、判断できないわ。あなただって、自分が生きている世界にとどまっておくべきだったんじゃないのかな、お嬢様。

ポリー ミセス・マックヒース。

ルーシー ミセス・マックヒース。

ポリー まったくおっしゃる通り——じゃなかったらせめて、パパがいつも言ってる

　みたいに、何事もビジネスだって割り切ってやってけばよかったんだ。
ルーシー　確かにね。
ポリー　（泣いて）あの人、あたしにとって、たったひとつの財産なんだもの。
ルーシー　どんな賢い女性だって、こういう不幸な目にあうことはあるんだね。でもあなたはさ、形の上では彼の奥さんなんだから、その点は気が休まるでしょ。見ちゃいらんないよ、ねえ、そんなにがっかりしちゃってさ。何かちょっとしたものでも召し上がる？
ポリー　え？
ルーシー　何か食べる！
ポリー　あら、うん、すみません、ちょっとだけ、いただきます。（ルーシー退場。ポリーの独白）イヤな女だなー。
ルーシー　（コーヒーとケーキを持って戻ってくる）どう、これだけあればいいかな。
ポリー　どうぞお気遣いなく、お嬢様。（間。食べる）彼を描いた絵ね、素敵だわ。彼、いつここに持ってきたの？
ルーシー　持ってきた？　なんで？
ポリー　（無邪気に）いつ、彼が、これを、ここに、持って、上がってきたのかなーって、思ったの。
ルーシー　彼が持ってきたんじゃないよ。
ポリー　彼が、この絵を、このお部屋に、直接、運んできたんじゃないの？
ルーシー　彼、この部屋には来たことないもの。
ポリー　ああそうなんだ。だけど、それじゃあ彼とは何もなかったってことになる

ルーシー　じゃん。運命の糸ってのは、ごちゃごちゃにもつれてるもんなんだね。んなくだらないことばっか言ってないでさあ、何をこそこそ嗅ぎ回りに来たのか言いなよ！

ポリー　あなた、彼の居所をごぞんじでしょ、違う？

ルーシー　あたし？　あなたこそ知らないの？

ポリー　今すぐ教えてちょうだい、どこにいるのか。

ルーシー　見当もつかないわ。

ポリー　ああ、あなたも知らないんだ、どこにいるのか。誓える？

ルーシー　誓って、なんにも知らない。じゃあ、あなたも知らないのね？

ポリー　ええ、とんでもない話ね。（ポリーは笑い、ルーシーは泣く）果たすべき、義務をふたつも、残しつつ、疾風（はやて）となりて、彼失せにけり。

ルーシー　あたしもう耐えられない。ああポリー、こんなのひどくない？

ポリー　（陽気に）あたし嬉しいの、こんな悲劇のおしまいに、こんなお友だちができたから。あのさあ、あんたもうちょっと食べない、ケーキか何か？

ルーシー　食べる！　ああポリー、あたしに優しくしないで。マジで、あたしなんてさ、優しくされるに値する人間じゃないから。ああポリー、男なんてさ、尽くしてやるに値する生き物じゃないよね。

ポリー　もちろん男は、尽くし甲斐のない生き物だよ、でも、じゃあどうすりゃいいの？

ルーシー　打つ手なし！　あたしもいいかげんカタをつけなきゃね。気を悪くしないでほしいんだけど？

ポリー なに？

ルーシー 本物じゃないの。

ポリー 何の話？

ルーシー これよ、これ！（自分のお腹を指す）なにもかも、あの犯罪者のためにしたってこと。

ポリー （笑って）いやー、お見事！　モフモフしたのが入ってたんだ？　あんたこそ大したアバズレだね！　あんた――あんたやっぱりマッキーがほしい？　あたし、あんたにくれてやる。見つけたら持ってっちゃいなよ。（廊下から声と足音が聞こえる。）なんだろ？

ルーシー （窓辺で）マッキー！　あの人、また見つかっちゃったんだ。

ポリー （崩折れて）ゲームオーバーだ。

ミセス・ピーチャム登場。

ミセス・ピーチャム ああポリー、ここにいたんだ。着替えな、あんたの夫が絞首刑にされるんだから。未亡人用の喪服、持ってきてるよ。（ポリーは服を脱いで、喪服に着替える）あんた、いかにも未亡人って感じで、絵になるだろうねー。もうちょっと嬉しそうにしなよ。

9

金曜の朝五時。再び娼婦を訪れた刃のマッキーは、再び娼婦に裏切られた。今や彼は、絞首刑に処されようとしている。

死刑囚用の独房

ウェストミンスターの鐘が鳴る。警官が、縛られたマックヒースを牢獄に連れてくる。

スミス　ここに入れろ。ウェストミンスターの鐘は、すでに一回目が鳴った。あなたはシャキッとしてなきゃ、どうしてそんなやつれた感じになっちゃったかは知りませんけどね。穴があったら入りたいって気持ちなのかな。（警官たちに）ウェストミンスターの鐘の三回目が鳴り、六時になったら、絞首刑を執行する。全員で準備だ。

ある警官　ニューゲートの通りという通りは、もう一五分ほど前から、あらゆる階層の人々でごった返しており、通り抜けることもできません。

スミス　おかしな話だな、どうしてこの件がもう知れ渡ってるんだ？

警官　この調子ですと、あと一五分もすれば、ロンドン中に知れ渡ります。そうなりますと、戴冠式に行くつもりだった群衆も、みんなこっちに来てしまいま

スミス　す。そうなりますと、女王陛下はガラガラの通りを進むことになります。となると、我々はまさに、機関車の勢いで事を進めねばならん。六時までに終わらせれば、群衆は七時までに、戴冠式の行列に合流できるだろう。よし、急ごう。
マック　やあ、スミス、今何時だい？
スミス　目はどこについてるんです？　五時四分。
マック　五時四分。

スミスが独房の扉に外から鍵をかけようとしていると、ブラウンが来る。

ブラウン　（独房に背を向けて、スミスに尋ねる）彼は中か？
スミス　面会されますか？
ブラウン　いやいやいや、とんでもない、君に任せるよ。（退場）
マック　（突然、小声で、とめどなく、よどみなく、話し続ける）あのさ、スミス、おれは別にさ、別に賄賂について何か話があるなんてことはないんだからさ、引かねえでくれよな。ぜんぶわかってるって。もしあんたが賄賂を受け取るとしたら、少なくとも国外には高飛びしなきゃなんねえよな。だよな、そうに違いねえ。そのためには、残りの人生遊んで暮らせるだけの大金を受け取らなきゃな。一〇〇〇ポンド、だろ？　言わなくていい！　あんたが今日の昼に一〇〇〇ポンド受け取れるかどうか、二〇分以内にはっきりさせられるぜ。気まぐれで言ってんじゃねえんだ、外に出て、よく考えてみてくれよ。命短し、足りないお金。もっとも、おれがそのくらい調達できるかどうか、まだわかんねーんだけどな。でも、面会したいって奴がいたら、とにかく連れてきてくれよな。

スミス　（ゆっくりと）それは無意味ですね、マックヒースさん。（退場）

マック　（小声で、非常に速いテンポで、「墓穴からの叫び」をうたう）[20]

この声に憐れみを
木陰でなく墓穴
それが彼の居所
運命に流された
最後の言葉聞けよ
分厚い壁の中だ
友よ答えてくれよ
祝杯は死んでから
今はまだ手助けを
苦しみは永遠か*[11]

マサイアスとジェイコブが廊下に姿を現す。彼らはマックヒースの方に行こうとして、スミスから話しかけられる。

スミス　これはこれはあんちゃんたち、なんかげっそりしてるな、まるで腸を取り除いたニシンだな。

マサイアス　団長がいなくなって、おれらんとこの女たちを孕ませるおつとめを、おれがやんなきゃいけなくなったんだよ、女は妊娠しちまえば、法律的には責任能力なしって認められるんだってな！　こんな仕事こなせんの、種馬みたいな奴だけじゃね。団長に話あんだよ。

二人はマックの方へ進む。

マック　五時二五分だ。どこで油売ってたんだ。

ジェイコブ　いやだって、なにしろおれたちは……*12

マック　なにしろ、なにしろ、いいかげんにしろ、おれは縛り首にされるんだぞ！　しっかし、おまえらにむかついてる暇はねえんだよ。五時二八分。あんな、おまえらのプライベートの口座から、すぐに引き出せるのはいくらだ？

マサイアス　おれらの口座から、朝の五時にかよ？

ジェイコブ　マジでそこまでする？

マック　四〇〇ポンド、どうだ？

ジェイコブ　よっしゃ、えーと、そんでおれらは？　それって全財産じゃん！

マック　縛り首にあうのは、君たちですか、それともぼくですか？

マサイアス　（憤慨して）ずらかりもしねえで、スーキー・トードリーと寝てたのは誰だよ？　寝てたのは、ぼくたちですか、それとも君ですか？

マック　うるせえ。ごうせもうすぐ、あんなクソ女（アマ）とは別のところでおねんねだ。五時三〇分。

ジェイコブ　じゃあ、おれらがさっさとごうにかしねーとな、マサイアス。

スミス　ブラウンさんがあなたに聞いてくれって――最後の食事は何がいいか。

マック　邪魔しないでくれ。（マサイアスに）おい、てめーやる気あんのか、それともねーのか！（スミスに）アスパラガス。

マサイアス　でけー声で指図される覚えはねえなあ。

マック　でけー声出したつもりはねーよ。ただおれは、なにしろ……あんだよ、マサイアス、おれを死刑にさせちまえってか？

マサイアス　もちろん死刑にさせちまいたかねーよ。んなこと言ってねーだろ？　だけどぜんぶだろ。四〇〇〇ポンドってのは全財産だぞ。文句言いたくもなるだろ。

マック　五時三八分。

ジェイコブ　なあ、急ごうぜ、マサイアス、じゃなきゃ手遅れになっちまう。

マサイアス　道が通れりゃいいけごよ、あの人だかりだぜ。ったく、この極道が。（二人退場）

マック　おまえらが六時五分前までに戻って来なかったら、もうそれでおさらばだ。（叫ぶ）もうそれでおさらばだ……

スミス　もう行っちゃいましたか。さて、ごんな具合です？（金を数える仕草をする）

マック　四〇〇、工面する。（スミス、肩をすくめて去る。マック、背後から叫ぶ）ブラウンに話がある。

スミス　（警官と戻って来て）ロープに塗る石鹸は持ってきたか？

警官 はい、いいものではありませんが。
スミス 一〇分あれば、組み立てられるよな？
警官 ただ、落とし戸が、うまく開きません。
スミス 動かさなきゃダメだ、もう二度目の鐘が鳴ってしまったんだから。
警官 そんな殺生な。

マック （うたう）
泥沼に落ちぶれて
破産者と化した彼
汚らわしい金だけ
崇めて恥じぬおまえ
ただで起きはせぬ彼
みんな豚の如くに
陛下のもとに集い
救えよ彼の命
そりゃ気の長い話
苦しみは永遠か

スミス あなたはまだ中に入れません。あなたの番号は一六番。だからまだです。
ポリー は？ どういうこと、一六番？ あなたさ、官僚じゃないんだからさあ。あたしは彼の妻です。話さなきゃいけないことがあって来たの。

スミス　でも五分が限度ですよ。
ポリー　どういうこと、五分！　そんなん意味ないじゃん、五分！　なんにも話せないよそれ。そんな簡単な話じゃないんだよ。夫婦の永遠のお別れなんだよ。夫と妻のあいだには、話さなきゃいけないことが、いっぱい、いっぱいあるんだよ……主人はどこかしら？
スミス　あれ、おわかりにならない？
ポリー　いえ、もちろんわかります。ご親切にどうも。
マック　ポリー！
ポリー　ああマッキー、来ちゃった。
マック　ああ、もちろんな！
ポリー　具合はどう？　もうボロボロ？　かわいそうに！
マック　うん、ところでおまえさ、これから何する？　どうするつもり？
ポリー　知っての通り、ビジネスはうまくいってるわ。どうってことないの。マッキー、すんごいイライラしてる？……あなたのお父さんってさ、どんな人だった？　まだ話してくれてないことがたくさんあるよ。あたし、あなたのことをよく知らない。知ってるのは、いつもとってもパワフルだったってことだけ。
マック　なあ、ポリー、おれをここから出してくれないか？
ポリー　ええ、もちろん。
マック　もちろん金がいるだろ。おれはあの看守の野郎を……
ポリー　（ゆっくり）お金は、マンチェスターに送金したよ。

マック　じゃあ手元には全然？

ポリー　ないよ、全然。でもほら、マッキー、例えば誰かに相談することはできるよ……なんなら、女王陛下に個人的にお願いすることだって。（崩れ落ちる）あ、マッキー！

スミス　（ポリーを引き離して）さて、一〇〇〇ポンドは届いたかな？

ポリー　元気でね、マッキー、うまくいくといいね、あたしのこと忘れないでね！（退場）

スミスと警官が、アスパラガスをのせたテーブルを運んでくる。

スミス　このアスパラガス、柔らかく煮たか？

警官　はい。（退場）

ブラウン　（登場し、スミスに歩み寄る）スミス、あいつおれにどうしてほしいって？　あ、食事の準備をして待っててくれたのか、気がきくな。これ、中に運ぼう、そしたら我々がどういう気持ちでいるか、彼にも伝わるだろ。（二人でテーブルを持って独房の中に入る。スミス退場。間）やあ、マック、アスパラガスだ。ちょっと食べたらどうだい？

マック　お気遣いなく、ブラウンさん、人生最後に挨拶に来てくれる人たちは、他にいくらでもいますから。[*13]

ブラウン　ああ、マッキー！

マック　金の精算をしよう！　食事しながらで勘弁してくれ。とうとうこれが最後の

食事だ。（食べる）

ブラウン 召し上がれ。ああマック、胸をえぐられるような気分だよ。

マック 精算、精算。センチメンタル禁止。

ブラウン （ため息をついて、机の中から小さなメモ帳を出して）持ってきたよ、マック。ここ半年分の精算だ。

マック （辛辣に）あー、あなたがここにいらしたのは、お金を取り立てるためだったんですねー。

ブラウン そんなんじゃないって、わかってるくせに……

マック 安心しな、あんたが割を食うってことはねーよ。こっちがそっちから借りてるのはいくらだ？　しかしなあ、明細がわかる請求書を発行してくんねーか。なんかもう人間不信なんだよ……あんたがいちばんわかってんだろ。

ブラウン マック、そんな言い方されると、なんにも考えられなくなっちまうんだ。

背後で、ドンドンとものを叩く音がする。

スミス （声）よし、OK。

マック 精算の続きだ、ブラウン。

ブラウン ああ、わかった――君がどうしてもって言うんなら、まず第一に、君あるいは君の手下のおかげでできた、殺人犯逮捕の報償金の合計がこれ。政府から君に支払われた金額は、合計で……

マック 一件につき四〇ポンド、ぜんぶで三件だから計一二〇ポンド。そのうち、あんたの取り分は四分の一だから三〇ポンドで、これがこっちの借りになってるわけだ。

ブラウン そーそー、いや待てマック、本当にこんなんでいいのか、君の人生の最後の数分間を、こんな……

マック はい、無駄話はもういいですか、続けます。三〇ポンドな。あとドーバー海峡の事件の分が八ポンド。

ブラウン なんで八ポンドだけなんだ、だってあれは……

マック おれを信用するのかしねえのか？　ここ半年分の決算から、あんたの取り分は計三八ポンドだ。

ブラウン （大声で泣き出して）我が人生を通して……おれと君は……

二人 以心伝心の友だった。

マック インドでの三年間――ジョンもジムも一等兵――ロンドンでの五年間、そのお返しがこれか。（と、縛り首にあう動作をする）

［「墓穴からの叫び」三番をうたう］

罪なき男マック
にせの友が裏切る
この首が吊るされる
自分の重みを知る

ブラウン　マック、おれにそんな態度をとるなら……おれのプライドを傷つけるなら、おれは、傷ついたぞ！（怒って檻から出る）

マック　プライド……

ブラウン　そうだ、おれのプライドだ。スミス、始めろ！　みんな中に入れていいぞ！（マックに）すまん、許してくれ。

スミス　（急いでマックヒースに）今ならまだ逃がせますが、あと一分もすれば、もうチャンスはありません。金は工面できましたか？

マック　ああ、うちの若い衆が、戻ってくればな。

スミス　姿が見えませんね。では、執行します。

人々が中に入るのを許される。ピーチャム、ミセス・ピーチャム、ポリー、ルーシー、娼婦たち、牧師、マサイアスとジェイコブ。

ジェニー　うちら中に入れてもらえなかったんだよ。でも言ってやったの、雁首そろえて何突っ立ってやがんだうすらトンカチ、てめえらまとめて酒場のジェニーが相手になってやる！

ピーチャム　私はあの男の義理の父です。すみませんが、この中のどなたがマックヒースさんでしょう。

マック　（自己紹介して）マックヒースです。

ピーチャム　（檻の前を通り、後からついてきた人々とともに、上手側に立つ）運命のいたずらですな、マックヒースさん、見知らぬ者同士なのに、あんたがおれの義理の息子になったってのは。初めてあんたにお目にかかれたのがこの状況ってのも、すげー悲惨なことだよな。マックヒースさん、これまであんたは、白い革手袋をはめ、象牙のグリップのついたステッキを握り、首筋には傷痕を見せ、イカホテルに出入りしていた。残ったのは、あんたのトレードマークの中では最も値打ちのない、その傷痕だけ。出入りできるのは、この檻の中だけ、そしてまもなく、この世に出入りすることすら……

ポリー、泣きながら、檻の前を通り、上手側に立つ。

マック　いいドレスを着てるじゃねえか。

マサイアスとジェイコブが、檻の前を通り、上手側に立つ。

マサイアス　やっぱ通れなかったよ、人が多すぎてよ。すんげー走って、ジェイコブが発作で倒れんじゃねーかって焦ったよ。信じられねーんだったらよ……

マック　他のメンバーはなんか言ってたか。いい場所見つけたか。

マサイアス　わかる?! 団長、あんたならわかってくれるって、思ってたんよおれら。わかるっしょ、今日は戴冠式で、他の日とは違えだろ。メンバーみんな、できるだけ稼ぎてーんだよ。みんなよろしくっつってた。

ジェイコブ　本気で。

ミセス・ピーチャム （檻に近づいて上手側に立つ）マックヒースさん、一週間前イカホテルで、ちょっとだけ踊らせていただいたときには、こんなことになるなんて思いもしませんでした。

マック 一緒に踊りましたね、ちょっとだけ。

ミセス・ピーチャム でも運命とは残酷なものなのね。

ブラウン （牧師の背後から）おれはこの男とアゼルバイジャンで、激しい戦火をくぐりぬけ、肩を並べて戦ったんだ。

ジェニー （檻に近づいて）ドルーリー・レーン(21)じゃ、うちら、上を下への大騒ぎで、戴冠式の方には誰も行ってないよ。みんなあんたの方を見物したいんだって。（上手側に立つ）

マック おれの方を見物。

スミス 六時だ。では、始めよう。（マックを檻から出す）

マック みんなを待たせちゃいけねーな。紳士淑女のみなさん。みなさんが目にしているのは、終わっていく階級の、終わっていく代表者です。自分らは、中産階級に属するケチな職人でして、ちっぽけなお店の経営者の金庫を、バールみたいなシンプルな道具でこじあけるのが仕事なんだけど、こんなビジネス、大企業には簡単に飲み込まれちまうだろうし、その大企業のバックには銀行がいるわけでしょ。合鍵なんて、株券と比べたら、チンケなもんでしょ。銀行強盗なんて、銀行設立と比べたら、話になんないっしょ。人を殺すことなんて、人を雇うことと比べたら、全然どうってことないっしょ。みなさん、これで、お別れです。来てくれてありがとう。この中には、自分と、すげー仲良くしてくれた人たちもいます。ジェニーが自分をちくったのは、正直びびりました。これって、世界は変わんねーってことを証明してるじゃないですか、あからさまに。二、三の不幸な事情がたまたま重なり合って、自分は、転落したんだと思います。ＯＫ。じゃあ本当に落ちます。

歌の照明、金色の光。パイプオルガンがイルミネーションで飾られる。バトンに吊るされた三つの灯体とパネルが降りてくる。パネルにはタイトルが書かれている。

マックヒースが全人類に謝る歌[22]

後を生きる世代よ
おれらを厳しく見るな
死刑見て笑うなよ
ニヤニヤするのもやめな
おれら滅んでも恨むな
裁判官の真似はやめろ
分別は持ってないよ
軽率なことやめときな
おれら、教訓としときな

神よ、ごうぞご容赦

雨が浄めるおれら
贅沢した体を
欲の深い奴等を
カラスがつつく目玉
高く昇り過ぎたから
傲慢ゆえこのザマだ
ひな鳥の狙う餌
道端のうんこのようだ
おれら、警告としときな
神よ、ごうぞご容赦

胸を見せる女
軽い奴がカモだ
その女たちから
稼ぎをがめる奴等
乞食、娼婦、遊び人
世捨て人、ヤクザ
殺人犯、便所のおばちゃん
みんな、ごうぞご容赦

ポリ公は別だぜ
いつの日もあいつら
パンの耳を食わせ
人を踏みつけにした
呪いたいところだ
が今日のところは
もういざこざは勘弁だ
君ら、ごうぞご容赦

殴れ、奴等のツラ
ハンマーをお見舞いだ
そしたらこれでチャラ
ごうぞ、ごうぞご容赦

スミス　さあ、マックヒースさん。

ミセス・ピーチャム　ポリー、ルーシー、あんたたちの夫の、最後の瞬間だよ。

マック　おれの女たち、まあぶっちゃけいろいろあったけごさあ……

スミス　（マックを連行して）進め！

絞首台への道

全員、下手の扉から退場。このドアはプロジェクターのスクリーンと重なっている。全員、舞台の反対側（上手側）から、灯火を手にして再び登場。マックヒースが絞首台の上に立つと、ピーチャムが話し出す。

ピーチャム

さて観客の皆様よ、ついに大詰めお楽しみ
マックヒースの最後だよ、カウントダウン縛り首
いかなる事情があろうとも、キリスト教の世の中に
期待はできぬプレゼント、容赦はされないありえない。

されご賢き皆様よ、この芝居とてかわりなし
そう思われても癪なこと、そこで我らはひとひねり
マックヒースの首吊りを、なかったことに変更し
まったく別の結末を、用意しましたこの芝居。

ああ愛すべき皆様よ、オペラの中じゃなんでもあり
正義に代わり寛容を、お見せしましょう乞うご期待。
ハッピーエンドにしとこうよ、だってお好きでしょあんたたち
そんな次第で国王の、馬上の使者が来たりけり。

パネルにタイトル。

第三幕の三文フィナーレ
馬上の使者、登場

コーラス 誰だ！　誰か馬に乗ってくる
国王の使者だ、国王の使者が来た

馬上の使者として、馬にまたがったブラウンが登場。

ブラウン 女王即位のこのよき日に、団長マックヒースただちに釈放。同時に、世襲の貴族の地位を与える。屋敷も与える。さらに年金一万ポンド、もちろん死ぬまであげる。さらに女王陛下、新郎新婦に祝辞をのたまった。

マックヒース 助かった、助かった！　わかっていた、危険が迫りゃ、救いも近い。

ポリー 助かった、愛しのマッキー助かった。幸せよ。

ミセス・ピーチャム 終わりよければすべてよし。人生ちょろいもんだね、王様が助けてくれればね。

ピーチャム なるようになるケセラセラ、歌おうぜ貧しい君、お芝居で演じた辛い人生、現実はいつでもバッドエンド。国王の使者とかやって来ない、踏みつけられて踏みつけて。
だから不正を追及するな。

全員

（舞台前に進み、パイプオルガンに合わせて）
不正を追及するなよ
不正も凍りつくよ
この世は暗く寒いよ
嘆きが響いてるよ

〔幕〕

訳注

(1) この歌だけは、ブレヒトとヴァイルは、原作であるジョン・ゲイ『乞食オペラ』からそのまま取っている。

(2) 「ラララララ」は原文では「なごなご」。一瞬言葉につまったフィルチが、格好つけて詩の朗誦のような感じで「……何もかも奪われたおれは、欲望の餌食」と語り、これにピーチャムが応じているのだろうが、日本には朗誦の文化がないので、ここは適当なメロディで歌う方が処理しやすいかもしれない。ということで、「ラララララ」。

(3) 上演に際しては、「やいば」と読むのはここだけで、後はすべて「ヤッパ」で統一していただきたい。

(4) ここは状況がわかりにくい。この直前のマックの台詞で、チェンバロはあるのに椅子がないことが繰り返されているので、解釈の可能性としては二通りである。A＝マックの「どこに椅子があんだ？ チェンバロはあんのに椅子はなしか！」という台詞を聞いた時点で、手下たちは椅子とソファを探し、この「椅子二つにソファ一つ」の時点で、それらが初めてマックの目に入る。ところが、まるで椅子取りゲームのように、そこにはさっさと手下たちが座ってしまっている（あるいは、椅子もソファもマックの気に入らない）。このため「新郎新婦は地べたに座れってか」と続く。B＝依然として椅子は見当たらないため、マックが「椅子二つにソファ一つ」を要求する。その場合「そんで」と訳出した「und」には、因果関係を示すような意味合いを持たせられない。手下たちがグズグズしているのに対して、「そんで、どうすんだ！」と発破をかけるような、かけ声程度のニュアンスで処理するしかないだろう。

(5) 「それ」が何を指しているのか不明だが、直前のマックの台詞に同意しているとも読めるし、目の前のチェンバロを指しているとも読める。

（6）後で、ジェイコブやキンボールがナイフをフォークのように使って食事をしているので、ここはナイフの本数とフォークの本数が逆だと推定されるが、一応原文通りに訳しておいた。上演に際しては、「フォークが二本、ナイフが一四本！　椅子一つにつきフォークが一本！」と修正するしかないだろう。

（7）ここは字義通りにも取れるし、呆れて嫌味っぽく言っているとも取れる。

（8）原文は「それは人間（der Mensch）のことですか、それとも娼婦（das Mensch）のことですか？」という、ダジャレにして下ネタでの切り返しとなっている。

（9）原文は「ケープタウンから喜望峰まで」。大英帝国の植民地拡大の一環である、第二次ボーア戦争（一八九九〜一九〇二年）を思わせる。

（10）カストールとポルックスは、ギリシア神話に登場する、ゼウスがレダに産ませた双子の兄弟。ヘクトールはトロヤの勇士でアンドロマケはその貞淑な妻。いずれも固い結束の象徴。

（11）原文で、ミセス・ピーチャムが要求するお酒は「コーディアル・メドック」。

（12）木曜日はイエス・キリストがユダの裏切りにより逮捕された日。そして金曜日が、イエス・キリストが処刑された日である。

（13）「窓の前」とあるが、直後に「街灯の下」とあるので、正確には「窓の奥」であろう。

（14）この歌は、フランソワ・ヴィヨンの詩「でっぷりマルゴーの賦」（鈴木信太郎訳『ヴィヨン全詩集』岩波文庫、一九六五年）が下敷きとなっている。

（15）新約聖書ルカ伝第二二章に「主は振り返ってペテロを見つめた。〔……〕ペテロは外へ出て、激しく泣いた」とある。

（16）この歌も、ヴィヨンの「フラン・ゴンチエ反駁の歌」（鈴木信太郎訳、前掲書）が下敷き。

（17）ここで「登場」とあるので、この場面の最初の台詞の後、ピーチャムは退場したか、あるいは舞台上の離れたところで、ミセス・ピーチャムと娼婦たちのやりとりに注意を向けぬまま、デモの準備を監督していた、ということだろう。

（18）この時点ではスミスはマックヒース逮捕に出動しているはずなので、ここに登場するのはブレヒトのケアレスミスであることが、岩淵達治『《三文オペラ》を読む』（岩波書店、一九九三年）で指摘されている。

（19）原文直訳は「その五日後、つまり一昨日くらいに」。もちろん一昨日は一〇日前から数えれば八日後なので、ここはギャグということだろう。

(20) この歌もヴィヨンの「友達へ手紙の詩」（鈴木信太郎訳、前掲書）が踏まえられている。

(21) ここが、ジェニーたちの巣である「ターンブリッジ」ではなく、売春街として知られた「ドルーリー・レーン」とされているのは、街全体が湧いているというような意味なのだろうが、音楽学者の大田美佐子さんから、原作『乞食オペラ』との関連があるのではないかという指摘をいただいた。ジョン・ゲイ、海保眞夫訳『乞食オペラ』（法政大学出版局、二〇〇六年）の「訳者あとがき」に、こうある。「『乞食オペラ』は一七二八年一月二九日、リンカンズ・イン・フィールヅ劇場で上演された。当初ゲイはドルーリー・レイン劇場に上演を依頼したのであるが、こうした場合に不思議に仇役を演じたがる支配人兼劇作家兼俳優のコリー・シバー（一六七一〜一七五七）は、作品の政治諷刺に恐れをなしたのか、話を断っている。結局リンカンズ・イン・フィールヅ劇場の支配人ジョン・リッチ（一六九二〜一七六一）が上演を引き受け、大成功を収めた。その結果、『リッチは陽気（gay）に、ゲイは金持ち（rich）になった』という洒落がつくられたことは、文学史上名高い逸話である」。以上を踏まえると、このジェニーの台詞は、ドルーリー・レーン劇場の失策を揶揄する意味合いが隠されていると解釈できる。玄人筋をニヤリとさせる台詞を、ブレヒトが書き込んだ可能性は高い。ただいずれにせよ、現在上演するに当たっては、ここは「風俗街ドルーリー・レーン」という具合に台詞を補うか、「ターンブリッジ」に変更するか、いずれかの処理が必要ではあろう。

(22) この歌もヴィヨンの「ヴィヨン墓碑銘」と「容赦懇願賦」（鈴木信太郎訳、前掲書）が下敷き。

解説

『三文オペラ』へのコメント

ベルトルト・ブレヒト

戯曲を読むこと

ジョン・ゲイが『乞食オペラ』のモットーとして掲げた標語「Nos haec novimus esse nihil（我らその無なるを知る）」を、『三文オペラ』のために変更する必要はありません。この活字化された「実験」について言えば、これは、劇場で伝えられてきたプロンプター用の台本に過ぎず、受け手一般よりも専門家をターゲットとしたものです。ただ言っておかねばなりませんが、できるだけ多くの観客なり読者なりを専門家に変えていく努力は、絶対に必要ですし、現にそのような変化は進行中です。

『三文オペラ』は、ブルジョワについてのイメージを扱いますが、それは表現内容によってだけではなく、表現形式を通しても扱うのです。これは、劇場の観客が、人生に対して何を見たがっているかについての、研究発表だと言えます。しかし観客は、同時に、自分が見たくないものも目にすることになります。そこで観客は、自分が見たいものが単に演じられるだけでなく、批判されるのを目撃することにもなります（観客は、主体としての自己を発見するだけでなく、客体としての自己を発見するということでもあります）。そのようにして観客は、理論上は、劇場に新たな機能を付け加えることができるわけです。しかしながら劇場は、自らの機能を転換することに抵抗しますので、もし観客が、劇場で上演するという目的に従うだけでなく、劇場を変革するという目的に従う戯曲を、劇場の言い分を鵜呑みにすることなく、自分から読んでいこうとするなら、これはよいことです。今日の劇場は、戯曲という文学に対して、絶対的な優位に立っています。劇場という装置の優位性は、すなわち、生産手段の優位性でもあります。劇場という装置は、劇場以外の何かを目的とした自己の改造には抵抗します。その際に劇場は、遭遇した戯曲を、自らの内部で決して異物にならないように、ただちに作り変えてしまうのです——その戯曲の自己完結している部分は、放置するのですが。新しい戯曲を正しく上演することが、その戯曲よりも劇場にとって重要であるのは必然的なことですが、この必然性は、劇場がなんでもかんでも上演しうるという現実によって、弱められてしまいます。劇場はすべてを取り込んで「劇場化」してしまうのです。このような劇場の優位性が、経済的な理由によるものであることは、言うまでもありません。

タイトルとパネル

どのシーンでもタイトルがパネルに投影されますが、これは、劇場を文書化するための、シンプルな第一歩です。劇場の文書化を、まさしくあらゆる公的な業務における文書化と同様に、なるべく広い範囲で、さらに推し進めていかねばなりません。文書化とは、「形象化」の中に「言語化」を散りばめていくことを意味しており、精神活動に関わる他の諸機関とのネットワークを生み出す可能性を、劇場に与えてくれるものです。ただし、観客がそのような文書化に参加しない限りは、そしてまた観客が「上」の次元から入っていくのでない限りは〔従来の観劇のように、観客がただ内容を鵜呑みにしてしまう場合は、の意〕、一方的な営為にとどまってしまいます。

このようなパネルの使用に対しては、オーソドックスな作劇術の立場から、次のように反論されるかもしれません。すなわち、劇作家は言うべきことはすべて物語の中の台詞に封じ込めるべきだし、創作がおのずからすべてを表現するのでなくてはならない、と。これは、出来事について考えるのではなく、出来事から考える観客にこそふさわしい態度だと言えましょう。しかしこの方法は、すべてをひとつの観念に従属させ、観客の欲望を、一方向を目指した活力へと駆り立てるもので、そこでは観客は、右も左も、上も下もわからぬままですから、このような方法は、新しい作劇術の立場からすれば、退けるほかはありません。新しい作劇術においては、脚注だとか参照図だとかも、取り入れられるべきなのです。

複合的に物を見る訓練が、おこなわれなければなりません。確かにこの場合も、物語の流れの中で考えるより、流れについて考えるべきです。さらにパネルは、俳優に対して、新しい演技のスタイルを強いて、これを可能にしてくれます。このスタイルが、叙事的なスタイルなのです。パネルに投影された文を読んでいるとき、観客は、喫煙しながら観察するような態度をとっていきます。このような態度を前にすると、俳優はそう意識せずとも、これまでよりマシな、ちゃんとした演技をせざるをえなくなります。というのも、煙草を吸って自分自身の内側に深く入り込んでいる人を、俳優が「魅惑」しようとしたところで、成功する見込みはないからです。新しいスタイルがあれば、競技場がスポーツの専門家で一杯であるように、瞬く間に劇場も専門家で一杯になるでしょう。このような観客を前にしては、いまどきの俳優が、ほんのちょっと稽古して、深く考えることもないまま、「方法にはこだわらずに」でっちあげている、貧弱でチープな演技をあえてやってみせることなど、不可能です！　俳優たちが提供する材料も、そんなふうに生のままで差し出されたら、生のままで受け入れる人などいるはずもありません。俳優は、タイトルによってすでに示され、あっと言わせる題材の面白さはすでに骨抜きにされてしまった出来事を、まったく別のやり方で目立たせねばならないのです。

ただ危惧されるのは、タイトルと喫煙許可をもってしても、観客に、劇場を利用するという豊かな体験をもたらすには、なおまだ不足ではないかということです。

主な登場人物

ジョナサン・ピーチャムというキャラクターを、「ケチ」というステレオタイプにしてしまってはなりません。彼は金（かね）など屁とも思ってはいないのです。期待感を煽るものを一切合財疑ってかかる彼にとって、金は、防御手段としては不十分なものに過ぎません。彼は間違いなく悪党であり、それも、古い演劇における意味の悪党です。彼の犯罪は、彼の世界観の中に位置づけられています。この世界観のおぞましさは、誰か他の大物犯罪者の犯行に比肩しうるものですが、しかしながら彼が不幸を売り物に仕立てる際、彼は「時代の趨勢」に従っているだけではあるのです。実践的な観点から言えば、彼は最初の場面で、フィルチから巻き上げた金を、決して金庫にしまいはせず、そのかわり、単にズボンのポケットにつっこむだけでしょう。彼は、金によっても他の物によっても、救われることはありえません。彼が金を単に投げ捨てたりはせず、どんなチマチマしたものも捨てることができないのは、彼に良心があり、基本的には絶望している証です。金が一〇〇万シリングを超えていても、彼は他のことを考えはしないでしょう。彼の意見としては、金があっても（この世のすべてのお金を集めても）、頭脳があっても（この世のすべての頭脳を集めても）、十分ではありません。これがまた、彼が働きはせず、そのかわり頭にハットをかぶり、両手をズボンのポケットに突っ込んで、店の中をうろうろ歩き回り、何もなくなっていないかどうかを点検するだけである理由です。本当に不安を抱いている人は、働きはしないのです。彼が、盗まれることを恐れて、聖書を机に鎖で結びつけるのは、ケチだからではありません。彼は、婿を絞首台に送るまで、決して会おうとはしませんが、それは、自分の娘を奪った男に対して、何か他の態度をとりうるような、いかなる個人的な値打ちも見出だせないからです。だから、刃のマッキーによるその他の犯罪も、彼にとっては、マッキーを片づけるための手がかりを提供してくれるという点においてのみ、興味を引くに過ぎないのです。娘について言えば、彼女は彼にとって聖書のような存在です。つまり、資金源以外の何物でもない、ということです。没落する人間を救うために、この世のあらゆるものの中で役に立つのはただひとつ、それはあの小さな女性器（あそこ）に過ぎないと考えているような、彼の絶望の深さに思い至るなら、これは嫌悪を感じさせるというより、むしろ心を揺さぶるのではないでしょうか。

盗賊マックヒースは俳優によって、ブルジョワ的な人物として、表現されねばなりません。ブルジョワジーの盗賊に対する偏愛は、「盗賊はブルジョワではない」という誤解に由来していることは明らかです。この誤解は「ブルジョワは盗賊ではない」という、もう一つの誤解を産みます。やはり、ブルジョワと盗賊の間に違いはないのです。ただし盗賊は時に、臆病者ではなくなります。舞台上のブルジョワに対してあてはまる「温厚」という連想は、ビジネスマン・マックヒースの流血沙汰に対する嫌悪から、改めて作り出されるものですが、ただしこの嫌悪は、ビジネスの遂行のために必要ならば、制約が課されるのです。流血沙汰を最低限に抑えるという合理化は、ビジネスの原理そのものですが、緊急の場合には、マックヒース氏は優れた剣の腕前を証明してみせるというわけです。彼は、自分の評判が何に負っているかということを、よくわかっています。ある種のロマンチックなイメージは、噂があちこちに広まり気にされるようになれば、その合理化に役立ちます〔悪党として名が知られれば、無用の流血沙汰は避けることができる、の意〕。大胆不敵な、あるいは少なくとも、恐怖心をかきたてるような、部下たちによるあらゆる犯行は、彼自身によるものとされるように、彼は厳しく目を光らせています。それはまるで、助手が自分で書いた論文に、自分の名を記すことを許容する大学教授が、滅多にいないのと同じことです〔大学教授が助手の手柄を横取りするのはありふれている、の意〕。女たちにとっては、彼はハンサムな男というよりもむしろ、恵まれた男と見えます。イギリスの『乞食オペラ』のオリジナル・イラストによると、四〇歳くらいで、小太りながらがっしりした体つきで、すでにいくらかはげており、上品さがないこともない、大根のような頭の持ち主です。

彼は、まったく落ち着いていて、ユーモアを欠いており、自らの誠実さを示すのは、赤の他人から強奪するよりも部下たちから搾取することに、商売人の目を向けることによってなのです。公共の秩序の番人たちとは、たとえコストがかかるにしても、彼は良好な関係を保ちますが、それは単に彼個人の身を守りたいという理由からだけではありません――彼の実際家としての感覚が教えるところによれば、彼個人の安全とこの社会の安全は、密接に結びついているものだからです。例えばピーチャムが警察を脅迫する際に用いたような、公共の秩序に敵対する措置は、マックヒース氏に深い嫌悪感を催させます。ターンブリッジの娼婦たちとの交流は、きっと弁解するための見識を必要とするでしょうが、ただ弁解には、彼のビジネスの特殊な性質を持ち出せばじゅうぶんです。純粋にビジネス上の交流を、彼が時に、気晴らしをしたいという目的で利用することはあるし、穏やかで大らかな独身男性としては、そうする権利はあるでしょう。ただしこのようなプライベートな面に関する限り、彼は定期的に、チマチマした几帳面さで、ターンブリッジのある決まったカフェを訪問することを大切だと考えています。というのもそれが習慣となっており、そんな習慣にいそしみ、そんな習慣を増やすことが、彼のブルジョワ的な生活のほとんど主要目標となっているからです。

ともかくマックヒースを演ずる者は、このような彼の公の場への出入りを、役作りの出発点に選んではなりません。これは、珍しくはないけれども不可解な、ブルジョワ的魔力に取り憑かれている一例なのです。

彼本来の性欲を満たす際、マックヒース氏は当然ながら、性的な快楽を家庭的な居心地のよさと一体化できるような場所を最も好みますが、それは、財産がなくもない女たちのところです。彼は結婚生活を、ビジネスのための保険だと見ているのです。一時的に首都を離れることは、彼がどれほど大したことではないとタカをくくっていたにせよ、彼の仕事柄からして、避けられないことでした。そして、彼の部下たちは非常にあてにならない存在です。これから先を考えると、彼は自分の行く末が絞首台であるとは思えず、そのかわり、自分の土地で釣りをする、平穏な暮らしを夢見るのです。

ポリー・ピーチャムを演ずる者は、先述のピーチャム氏の性格を研究しておくとよいでしょう。彼女は彼の娘なのですから。

警視総監ブラウンは、非常に近代的な人物です。彼は二つの人格を秘めています。私人としての彼は、公務員としての彼とは、まったく別人です。彼は、葛藤があるにもかかわらず生きているのではなく、葛藤があるおかげで生きているのです。この葛藤のおかげで、社会全体が彼と共存しているのです。公人としての彼が、義務と考えることに、私人としての彼は、決して加担しません。私人としては、彼は蠅一匹殺せない（殺してはならない）のです……彼のマックヒースへの友情はまったく純粋なもので、そこから生じるビジネスの利益があるからといって、彼はその友情を疑問視することはできないのです、「こんな人生がすべてを汚している……」などとは。

俳優のためのヒント

題材の伝達に関する限り、観客を感情移入へと導くべきではありません。そのかわりに、観客と俳優の間でコミュニケーションがおこなわれるべきで、あらゆる違和感、あらゆる距離感を保ちつつも、最終的には俳優のベクトルは、直接に観客に向かっていきます。そのようにして俳優は、自分が演じた人物について、「役になりきる」場合よりも、もっと多くを伝えるべきなのです。もちろん俳優は、出来事にふさわしい態度をとらねばなりません。しかしながら俳優は、物語の中に含まれる出来事とは、別の出来事との関係をも示さねばなりません。すなわち、単に物語だけに奉仕するのではダメなのです。ポリーは、マックヒースとのラブシーンでは、マックヒースの恋人であるだけでなく、ピーチャムの娘でもあり、また娘であるだけでなく、父親の部下でもあるのです。彼女の観客とのコミュニケーションは、盗賊の情婦やら、商人の娘やらといった、観客が抱くありふれたイメージに対する批判を含んでいなければなりません。

＊1　俳優は、この盗賊たちを演じる際には、赤いネッカチーフを巻いた、不幸そうな人物たちが徒党を組んでおり、こいつらとビールを飲みたいと思う紳士淑女は一人もいない、というような見せ方は避けるべきです。彼らはもちろん分別のある男たちで、中には太った者もいます。そして例外なく、仕事を離れれば気さくな連中なのです。

（本文三三頁、以下同）

＊2　俳優はここで、ブルジョワ的な徳目が役に立つこと、そして、感情と悪事の間に

密接な関係があることを、示すことができます。（三四頁）

＊3　ある男が（花婿としての）人間らしい態度を示しうる状況を作り出すのに、どれほど野蛮なエネルギーを費やさねばならないかを、ここで示すべきです。（三五頁）

＊4　ここで示すべきは、花嫁を展示することです。彼女の肉体は、とうとう唾をつけられる最後の瞬間に、披露されるわけです。つまり、供給が停止される瞬間に、需要が再び頂点まで押し上げられるということです。一般的に、花嫁は求められ、花婿は「レースで優勝する」のです。これはまったく演劇的な出来事なのです。もう一つ示さねばならないのは、花嫁はほとんど食事に手をつけないということです。鶏や魚を平らげる華奢な女性にはしばしば出くわしますが、花嫁は決してそんなことはしません。（四一頁）

＊5　俳優は、このピーチャムのビジネスのようなものを提示する必要がある場合には、毎度の「物語の進行」を、気にしすぎない方がよいです。とはいえ俳優は、雰囲気ではなく出来事を示さねばなりません。この乞食たちを演じる者は、しっくりくる、効果の高そうな木製の義足を選ぶ際は（一つを試し、わきにどけて、もう一つ別のものを試し、また最初のものに手を伸ばしたりして）、この場面を見たいから、この場面が上演される時間にまた劇場に来ようと、観客に決心させるくらいに、そして、劇場がこの場面についで背景のパネルで告知しても、邪魔にならないくらいに、演じてみせねばなりません！（六三頁）

＊6　ポリー・ピーチャム嬢を観客に、美徳を備えた、好感の持てるお嬢さんだと感じさせることは、絶対に望ましいことです。第二場で、彼女があらゆる打算から遠い愛を証明してみせたとすれば、今や彼女は、実際家としての素質を示します。そのよう

な第二の性質がなければ、彼女の第一の性質は、ありふれた軽率なものにとどまったかもしれません。（七七頁）

＊7　この女たちは、自らの生産手段を、誰にも邪魔されずに所有しています。しかしまさにそのために、彼女らは自由であるという印象を与えてはならないのです。民主主義は、生産手段を剥奪されうる人々に対して認めている自由を、彼女らに対しては、認めていないのです。（八五頁）

＊8　マックヒースを演じる者は、死に際の苦しみの演技にはためらいを見せないけれども、ここでこの第三連をうたうことは、普通は嫌がるものです。俳優はもちろん、性的表現が悲劇的なものであれば、拒否しないでしょう。しかしながら、我々の時代におけるセックスにまつわる事柄は、間違いなく、喜劇的な領域に属しています。というのも、性生活は社会生活とは矛盾しているからです。この矛盾は喜劇的です。なぜならこの矛盾は歴史的には解決可能だからで、言い換えれば、他の社会秩序によっては解決可能だからです。そこで俳優はそんなバラードを、喜劇的に表現せねばならないのです。劇場における性生活の表現は、それにより単純素朴な唯物論が常にあらわになるという理由からだけでも、とても重要です。あらゆる社会的な上部構造が、束の間の作り物に過ぎないということが、あらわになるのです。（九一頁）

＊9　このバラードは、『三文オペラ』における他のバラードと同様、K・L・アンメルの翻訳によるフランソワ・ヴィヨンの数行の引用を含んでいます。俳優にとっては、アンメルの翻訳に当たってみるのは有益です。そうすれば、バラードをうたうことと読むことにどんな違いがあるかがわかります。（九六頁）

＊10　この場面は、喜劇の才能を持つ、ポリーを演ずる俳優のために挿入したものです。

（一三二頁）

＊11　ここでマックヒースを演じる者は、檻の中をぐるぐる回ることで、ここまでの場面で観客に示してきたあらゆる歩き方を、繰り返してみせることができます。誘惑者の大胆な歩き方、追われる者の臆病な歩き方、うぬぼれた歩き方、悟ったような歩き方、等々。この短い徘徊において、俳優はマックヒースの、このわずか数日間のあらゆる態度を、もう一度示すことができるのです。（一四一頁）

＊12　叙事的演劇の俳優は、例えばこの箇所で、マックヒースの死への恐怖を誇張し、この場面全体を支配する印象を作ろうと努力するあまり、この後に演じられる本当の友情を、舞台から消し去ってしまう方向に、陥ってはなりません（しかしながらおそらく、本当の友情が本当であるのは、それが限定されているときだけでしょう。マックヒース氏の本当の友人二人の道徳的勝利は、後で道徳的敗北に転じてしまうわけですが、だからといって非難されるには値しません。彼らが友人を救うために、自分たちの生存手段を引き渡すのを、じゅうぶん急がなかったとしても、です）。（一四二頁）

＊13　おそらく俳優は、次に示すような可能性を見出します。つまり、マックヒースは自分の一件を、司法が犯した恐るべき過ちにかかわる問題だとする、完全に正しい感覚を持っているという可能性です。事実、司法当局が、実際より以上に盗賊たちを生贄にしてしまうことがあれば、当局はすっかり面目を失ってしまうでしょう！（一四六頁）

歌をうたうことについて

うたうなかで、俳優はある機能転換を実行します。もしも俳優が、淡々とした会話という土台から、すでに歌へと飛躍したということに、自分で気づいていないように見せかけるなら、これほど嫌らしいことはありません。普通の台詞、高尚な台詞〔詩的なスタイルの台詞のことか〕、歌という三つの次元は、常にそれぞれ分離しておかなければなりません。そしていかなる場合も、高尚な台詞とは普通の台詞がレベルアップしたものではないし、歌は高尚な台詞がレベルアップしたものではありません。またいかなる場合も、感情が溢れすぎて言葉では足りなくなったから歌が登場する、というわけではありません。俳優は、うたうだけでなく、うたう人を示さねばならないのです。俳優は、歌の感情の内容を、あまりむき出しにしてはなりません（自分ですでに手をつけてしまった料理を、他人に提供してよいでしょうか？）。そのかわり俳優は、いわば身体の慣習や身体の使用法を、身ぶりで示すのです。この目的のためには、俳優は稽古の際に、台本の言葉ではなく、それと似たような内容を表現している、誰もがよく知る俗っぽい言い回しを利用するのが一番です。しかもそれを、日常的に使われる乱暴な言葉遣いで口にするのです。メロディについて言いますと、俳優はメロディに盲目的に従ってはいけません。「音楽に逆らって話す」という方法がありますが、これは大きな効果をもたらし得ます。この方法は、頑ななまでに音楽とリズムに惑わされず独立している、醒めた態度に由来しています。ですから、俳優がメロディに戻ってくるのは、ひとつの事件でなくてはなりません。このことを強調するために、俳優は、自分でメロディを楽しんでいることを、はっきり示してしまうこともできます。演奏者が演奏しているところを見せてしまうのは、俳優にとってよいことですし、自分がうたうための準備をしているところ（椅子を正しい位置にセットする、わざわざ歌のためにメイクする、等々）を見せるようにしてしまってもよいです。うたう際に特に重要なのは「示す人が示されている」ということなのです。

なぜマックヒースは一度ではなく二度逮捕されるのか？

第一の牢獄の場面は、ドイツのエセ古典主義の観点からすれば回り道ですが、我々の観点からすれば、素朴な叙事的形式の一例です。純粋にダイナミックな作劇術のように、観念を優先させ、観客をいつも特定の目標――ここでは主人公の死――へと駆り立てるなら、いわば、常に供給を上回る需要を創出するなら、そして、観客の感情を強力に巻き込むことを可能にするために――感情というものは、十分に安全が保証された空間でしか、一歩を踏み出す勇気を持っておらず、期待外れで終わることには耐えられません――まっすぐな線を進ませる必然性を必要とするなら、そのような観点からは、この場面はすなわち回り道です。唯物論を志向する叙事的な作劇術は、観客の感情移入にはさして関心を持たず、そもそもいかなる目標も知りはせず、知っているのはただ劇には終わりがあるということだけですし、必然性があるにしてもそれはまた別のもので、そこにはまっすぐな線だけではなくカーブもあり、さらには、脱線が生じることすらありうるのです。ダイナミックで、観念的な傾向を持ち、個人なるものを扱う作劇術が、自分たちの道を歩み始めた頃（エリザベス朝の時代）には、あらゆる決定的なポイントにおいて、二〇〇年後のドイツのエセ古典主義よりはラディカルだったのです。後者においては、演じることの力が、演じられるものの力と混同され、個人なるものは「配置されて」しまいました（今日の、継承者たちの継承者たちについては、もはや何をか言わんやです。この間に演じることの力は、経験的に獲得された効果の数々を、要領よく整理することに変化してしまいました。そして、個人なるものはすっかり解体しつつあり、今なお自分自身から出発することもありますが、それ以上に、ただの演じる役として完成されるだけのものになっています——一方、後期ブルジョワ小説は、少なくとも心理学を練り上げた結果、個人を分析できると信じています——まるで、個人なんてものがもうとっくにバラバラになってしまったことに、気づいていないかのように）。しかしながら、あの偉大な作劇術〔シェイクスピアに代表されるエリザベス朝の作劇術〕の場合、素材まで捨ててしまうほどには、ラディカルではありませんでした。この劇構造はここで、「人生によって」引き起こされる、直線的な進行からの個人の逸脱を排除するわけではなく（ここでは劇中のいたるところで、内から外へ、外から内へとコミュニケーションが演じられており、他の「舞台に上がっていない」出来事と関わりが生じています。つまり、道具が上等なら、取り込める素材もより多いという具合です）、むしろこの逸脱を、力を生み出すエンジンとして利用するのです。このような刺激は個人の内部にも浸透して、消化されることになります。この作劇術の重量感は、反乱する要素をかき集めるところから来ているのです。安直で観念的な紋切型に従いたいという欲望が、素材の配置を決めるなんてことはありません。ここには、あのベーコン的な唯物論が存在しており、個人なるものもまだ血肉を備えていて、紋切型には抵抗するのです。しかしながら、唯物論が存在するところならどこでも、作劇術の中に叙事的形式が生まれます。特に、常に唯物論的であり、「低級」と片づけられてしまう、喜劇というジャンルの中に最も頻繁に生まれるのです。人間の本質を「あらゆる社会的諸関係のアンサンブル」〔カール・マルクス「フォイエルバッハに関するテーゼ」の第六テーゼからの引用〕として理解しなければならない今日においては、叙事的形式は、包括的な世界のイメージを作劇術の素材として提供してくれるあのプロセス〔歴史のプロセスのことか〕を把握しうる、唯一の形式なのです。人間、それも血肉を備えた人間もまた、あのプロセスの中で、あのプロセスを通して存在しており、あのプロセスからのみ把握することができます。新しい作劇術は、方法論的に、自らの形式の中に「実験」を含んでいなければなりません。新しい作劇術は、あらゆる方面との関係を利用して構わない、とせねばなりません。また、スタティックなもの〔観客をわくわくさせる、ダイナミックな要素とは正反対に、観客の冷静な観察眼を引き出す要素のことか〕を必要としますし、個々の部分を支配し、これらを互いに「チャージ」させあうような、緊張感を有しています（だからこの形式は、レビュー式に個々の場面を並べるのとは、まったく別物です）。

なぜ馬上の使者は馬に乗らねばならないか？

『三文オペラ』はブルジョワ社会を描写しています（ルンペン・プロレタリア分子だけを描いているわけではありません）。このブルジョワ社会は、ブルジョワ的世界秩序を自ら生産しています。つまり、それなしにはブルジョワたちがやっていけない、まったく特定の世界観を生産しているのです。ブルジョワジーは、自らの世界が演じられているのを見るわけですから、ここで、馬上の使者が登場するのは避けられないのです。

ピーチャム氏が、世の人々のやましい心を、金儲けのために利用するのも、これと同じことです。『三文オペラ』を手がけたモダンな演出家たちのほとんど全員がやってしまったのですが、使者の乗る馬を出さないで済ますほど、馬鹿げた処理はないということを、演劇の実践家にはよく考えてもらいたいです。死刑執行の場面を演じる際、ブルジョワ社会における劇場の役割をまっとうするためには、殺人犯の無罪潔白を暴露するジャーナリストは、間違いなく白鳥に乗って引っ張られ、法廷に入場せねばなりません〔ここで白鳥が例に挙げられているのは、ワーグナーのオペラ『ローエングリン』へのあてこすりであることを、岩淵達治が『ブレヒト戯曲全集第2巻』（未来社）で指摘している〕。晴れやかな馬上の使者の登場を断念してしまうと、観客が自分で自分を笑うように仕向けるのが、どれほど失礼なことになってしまうか、わからないのでしょうか？　馬上の使者がなんらかの形で登場しないのなら、ブルジョワ文学は、ただ状況を描写するだけのものに堕落してしまいます。馬上の使者は、自らを維持できなくなっている状況を、その状況の当事者自身が、余計なことを考えず楽しんでしまうことを保証してくれます。つまり馬上の使者は、必要条件などご気にかけていない文学にとっての、必要条件なのです。

　もちろん第三幕のフィナーレは、完全に真剣であり、絶対に威厳のある態度によって、演じなければなりません。

世界がブレヒトに近づく

平井 玄

一、……何度でも甦る物語

たった今あなたが本屋さんで手に取るか、ネットの立ち読みサイトで「読もうかな、どうしようかな」とパラパラめくっているこの書物は、ベルトルト・ブレヒトの戯曲『三文オペラ』の最新訳である。一九二八年にベルリンで初めて上演されてからちょうど九〇年。これまで一〇回以上も日本語に翻訳されたらしい。千田是也、内垣啓一、岩淵達治、酒寄進一、谷川道子をはじめとする名だたる演劇人やドイツ文学者たちの「口」によって訳されてきた作品である。

あえて「口」で、といおう。彼／彼女らの「手」で「日本語」に翻訳されたとはいわない。新聞で使われる標準日本語、オフィスで通用するビジネス会話、小説に書き込まれた内面的な独り言ではないのだ。丁々発止と舞台の上でやり取りされるセリフを、この瞬間に路上で飛び交うコトバそのままに伝えたい。『三文オペラ』はそういう欲求を猛烈に刺激する芝居なのである。

九〇年間で一〇回も訳されたということは、ごく単純にいって九年おきという計算になる。一八六六年に連載が始まったドストエフスキーの『罪と罰』は内田魯庵と二葉亭四迷の協同訳から始まり、一五二年間で少なくとも一二人もの訳者が現れたというから、こちらもほぼ一三年ごとである。近年では亀山郁夫による現代語訳がかなり読まれたが、二つの作品の翻訳頻度はいい勝負だ。聖書からサリンジャーまで、何度も翻訳されて読み継がれていく物語は他にも数多くある。文藝アカデミーの世代交代や出版業界の商品回転をめぐる事情とばかりはいえないだろう。とりわけこの二作は、世界がうめきながら身をよじらせる時の到来とともに生まれ変わり、その度にみずみずしい産声を上げるのである。

二、……ウロボロスの世紀

『三文オペラ』は、ロンドンのバブル景気とその崩壊、さらに女王の戴冠式を背景にして資本主義の終末を予感させるベルリンの芝居だ。貧民街を舞台に悪徳警視総監とくんずほぐれつ、女たらしの極道が詐欺師の一味と暗闘し、そこに娼婦たちが絡んで、どいつもこいつも金欲と性欲を満たそうと躍起になる。テレビのワイドショーで大騒ぎするようなネタである。そのもつれた糸を操り、腹話術師のように語るブレヒトが真っ赤になるその瞬間、つまりきっぱりとマルクス主義者に変貌していく現場からの生中継のような作品なのである。

一方の『罪と罰』はご存じのように、流刑地から帰って数年のドストエフスキーが、ペテルブルクの貧民街で貧乏学生が高利貸しの老婆を斧で殺めた事件を描いたもの。こちらもコメンテーターのいいエサだ。それが、社会主義者として処刑寸前に皇帝から特赦された作家の手にかかると、仮想革命家と判事に乗り移った神が烈しくディベートするカテキズム（教理問答）になる。

『三文オペラ』は一九二〇年代、『罪と罰』は一八六〇年代の産物である。ロシア革命を挟んで相前後する二つの物語は、互いの尾を咬む二匹の龍「ウロボロス」になった。階級と資本をめぐるブレヒトのドタバタ劇と孤独な蜂起と贖罪を問うドストエフスキーのノワール小説は、戦争と革命の世紀を通じて尾を振り乱して咬みつき合うのである。その結果、ギャングが銀行家に成り上がる『三文オペラ』の舞台を観て資本主義のカラクリに目覚めた青年たちは、闘いの果てにラスコーリニコフのような幻滅に陥り、そこそこリベラルな魂の浄化に帰結したというのが、今世紀のほぼ標準的な見解だろう。たしかに後ろを振り返れば、流血の濁流は絶えず、夥しい屍は見えないまま今も高々と積み重なっているのである。

それでは『三文オペラ』の時代は、例えばローリング・ストーンズの「悪魔を憐れむ歌」で歌われるようなエピソードにすぎないのか？　キリストを訊問するピラトの傍らから、ロシア革命でニコライ二世が処刑された現場やケネディが射殺された一九六三年のダラスの路上まで、あらゆる混沌と転覆の歴史的刹那に現れるサタンを謳うロックのクラシックである。今これを聴く人は、「革命」という狂宴の終わりを達観する悪魔の哄笑に聞こえてしまうだろう。そんな耳にとってブレヒト／ヴァイルによるソングの数々は、まるで産業資本主義と帝国主義の黎明期を懐かしむ知的ノスタルジアのように響く。

三、……ドロボウと乞食と娼婦、そして王様が

だが「あわてる乞食はもらいが少ない」。

明らかに人を差別するこの言葉がカギになる。ただし差別とされるのは「働かざる者、喰うべからず」という市民道徳が支配する世界での話。古くは仏教でいう「こつじき」つまり托鉢であり、出家を志す者が在家から喰いものを乞うことだ。仏法に定められた修行の作法であり、藝能の始まりでさえあった。現在ならネオリベラルな強欲、またはアナキストたちが「負債」と呼ぶ掟の外、ないしは境界で生きることなのである。


「悪魔を憐れむ歌」を含むローリング・ストーンズのアルバムは『ベガーズ・バンケット』である。この「乞食たちの宴」は一九六八年に発表されている。前作『サタニック・マジェスティーズ』にいたるサイケデリックな音色をいきなり切断して、下層志向が剝き出しにされた作品である。おおかたはブルースへの回帰とされるがそれだけではない。真っ黄色な便所の壁に殴り書きされた落書きのジャケットをレコード会社は認めない。ミック・ジャガーたちはこのデザインにあくまでこだわった。工場勤めの女とのデートを歌う「ファクトリー・ガール」という小品も含まれている。この時期、ストーンズが社会と体の「身の上」ではなく「身の下」に向かっていたのは明らかである。

さらにソニー・ロリンズが、芝居の冒頭で歌われる「刃のマックのモリタート」を

「モリタート」として演奏した『サクソフォン・コロッサス』が出たのが一九五六年。エラ・フィッツジェラルドが同じ曲を熱唱する『エラ・イン・ベルリン』が一九六〇年。初上演でジェニーを演じたロッテ・レーニャが出演するレビュー「ブレヒト・オン・ブレヒト」を、ディランがマンハッタンの劇場で観たのが一九六二年である。ロンドンのアートスクールに通うジャガーが、六〇年代音楽を豊穣にしたこういう地下水流に足の先くらい突っ込んでいたとしても不思議はない。「乞食の宴」の発想は、イエスの貧者の宴会だけではない。そのあたりからも出てきたと思う。

『三文オペラ』はドロボウと乞食と娼婦たちの芝居である。彼／彼女らは「犯罪」で儲けるだけではない。ピーチャムは唾を吐かれる貧苦を金看板にして「乞食の友社」を興す。ドロボウの親玉マックヒースにいたっては、暴力をブランド化するだけでなく、配下たちを一人残らず「商品」として警察に売って荒稼ぎするのである。「労働力の商品化」どころではない。二一世紀の私たちは「万人が万人に対して商品である」ような世界に生きている。そういう未来を予示していたといっていいだろう。「革命後の世界をいま生きる」とは二〇一一年にウォール街占拠を体験した人たちの言葉だが、ブレヒトの芝居は、とうに「革命崩壊後の社会を生きていた」のである。

さらに予見的なのはフィナーレである。彼らすべてに喰いものにされた娼婦たちの密告によって追いつめられ、絞首台に載せられるまさに間一髪のマックヒースを救ったのは、即位する女王様による特赦だった。あまつさえ爵位も豪邸も終身年金さえ与えられて、改作された再演ではとうとう銀行頭取になる。これほどのアンハッピー・エンドは珍しいだろう。ブレヒトにはしばしば京劇や歌舞伎の影響が論じられるが、観客が望む勧善懲悪のカタルシスなどぶち壊しだ。市場の外部か境界にでも棲んでいたはずのドロボウに乞食や娼婦も、気がつくともっと大きな檻に入れられてしまうのである。究極の異化効果とはこのことだろう。

四、……二つの開口部

ブレヒトの『三文オペラ』には二つの開口部がある。それが「王様」と「路上の語り」である。王様という市場にバックリと開いた穴は、すべてを呑み込む忘却装置なのである。『罪と罰』の狂信青年は殺人を悔いて娼婦ソーニャに魂を洗われるが、そうした浄化の物語を綴る作家を秘かに誘導したのは皇帝による仕組まれた恩赦だった。いっぽう『三文オペラ』の女王による恩赦は、ドロボウを立派な資本家に成り上がらせるのである。フィクションの外と内で王様たちの役割がねじれて交錯している。たしかに、あわてる乞食はもらいが少ない——。王と貧者をめぐる問いかけは常に新しい。この列島で生きたまま王様が交代するという盛大な「大政奉還」の儀式の裏で、ウロボロスの龍たちが絡み合う姿は一段と読み応えがあるというべきである。

そして「語り」だ。新しい翻訳は、単に移ろいやすい若衆コトバにおもねるものではない。例えばイギリスのアンダークラスが吐き出すスラングであるチャヴ語だ。ブレイディみかこが、ロンドンから南へ約七五キロ行ったブライトンの貧民街から筆者の住む東京新宿まで、九六四一キロをネットで瞬時に送ってくる「地べた」の言葉のことである。今様の言葉じりに乗って耳触りをよくしようというなら、しごく手軽なマーケティング手法にすぎない。むしろ彼女が縦横に操る博多コトバ＋チャヴ語は、地球を覆う見えない「階級空間」をぶち破ろうとしたのだと思う。ストーンズの『べガーズ・バンケット』に収められたもうひとつのヒット曲が「ストリートファイティング・マン」であることは偶然ではない。それは路面のコトバなのである。

ブレイディだけではない。栗原康があくことなく繰り出す奇妙な「ひらがな説法」。廣瀬純のとりわけ語りに現れる回し蹴りのような「逆説」の連発。左派といっても三人の論者たちは微妙に立場が違う。場合によっては相容れない。それでも一人一人の語りの戦略に、私は同じような壁を突破しようとする努力を感じる。大岡淳による新訳もそうしたものだ。

一九六八年世代と呼ばれる人たちが決して理解しようとせず、その壁が見えないからこそ思わず内側に入り込んでしまうのは、この空間の存在なのである。今や私たちは、この「万人が万人に対して資本家であり商品である」ような空間の中に閉じ込められているのである。

五、……二一世紀のジェニーたち

それはどういうことなのか？ それを明らかにするために現代に生きる「酒場のジェニーたち」の抗争をレポートしたい。以下は二〇一六年に『週刊金曜日』に掲載された拙稿（「逃げる資本を追うキャバ嬢——新宿歌舞伎町のアンダークラス闘争」、六月一〇日付）を少しだけ改稿したものである。

風林会館の交差点で

新宿駅東口を出て、真っすぐに靖国通りをわたり区役所通りを下って行くと、そのすり鉢の底にあたる交差点左角に「風林会館」というひときわケバケバしい建物が眼に入る。六階建て一九七〇年竣工というから築四六年（当時、以下同）の古くて小さなビルなのに、その存在感はまた格別である。

この一階に「パリジェンヌ」という煌びやかなレストランが陣取っている。「ラーメンからステーキまで」と謳われているのが気取らない歌舞伎町らしい。一四年前の二〇〇二年九月、バブルの名残りがまだ漂う宵のこと、ここで住吉会の組員が中国人マフィアに射殺される事件が起きた。靖国通りと垂直に交わる広いセントラルロードから北へ、シネシティ広場（旧コマ劇場付近）へ通じる一帯が歌舞伎町の「表」の顔なら、東の外れのここは大久保界隈へ続く「裏」への入口なのである。だから国際的な抗争の舞台にもなる。当時の石原知事が旗を振って中国系組織が一掃され、その隙間にナイジェリア・マフィアが台頭したのを覚えているだろうか。

争議ライヴ

この交差点に「未払い賃金を払え！」という女たちの声が響いたのは五月七日土曜日の夜だった。標的は風林会館の目の前、一階に花屋さんが入るビルの二階にある某「キャバクラ」である。

十数人で押しかけると、ドアに鍵がかかっている。花屋のお姉さんに聞くと、このところ何日も開いていないという。とすると「飛んだ」。つまり別の場所で店名を変えて営業しているのか？　とりあえずビル前での街頭情宣に移った。「×××の経営者出てこい！」。その密度で世界一の歓楽街はノイズもたぶん世界一だ。沼地に車がトグロを巻くような交差点。そこに渦巻く喧噪にキャバクラ嬢たちのユニオンの声も負けてはいない。開店三〇分前に店に着かないと罰金。ドレス代やメーク代も法外に引かれ、深夜割増もなし。経営者のセクハラや脅しは常態。客が少ないと帰宅。空き時間も時給カット。時給換算で日給たった数十円だったケースもある。LEDギラギラの街に流れるダンスミュージックをバックに、ユニオンの「払え！　謝れ！　責任とれ！」と叫ぶグルーヴがグイグイと乗ってくる。

連休直後の土曜日の夜八時半すぎはまだまだ宵の口、これから人が集まってくる時間である。中韓台その他のアジア系や各種カラフルな肌の人々が、新宿通りや靖国通りや大久保方向から交差点に向かって下ってくる。意外と彼女／彼らのビラの受け取りがいい。ビラなんか古いと言われて久しいが、人が向ける眼の端から興味がわかる。水商売の女性たちも話をそれとなくスピーカーの声に耳を傾けている。それにつれて、周りの同業者たちもこちらの動きに探りを入れようと道をウロつくのである。

逃げる資本

ヒソヒソと話す黒服の男たち、争議相手の店に雇われた客引きがこちらをじっと窺う。その一人をキャバクラ・ユニオンのメンバーが眼で差した。この男の跡をつけて移転先を割り出すのがこちらの役割である。男は辺りの「無料案内所」の看板を掲げた店先に次々と顔を出す。この案内所が歌舞伎町のどこの路地にもある。若い頃ここらの路地裏を知り尽くしていた私も、当時なかったこの看板の数には驚いた。

男は尾行に気づいたのか一か所に長居しない。移転先や横の経営関係を探られたくないからだ。一軒につき一〇店ほどをプールする案内所はそれぞれの組の系列下にある。組は一店一店のキャバクラを直接には支配していない。各案内所から間接的に「みかじめ料」を吸い上げる形である。こうやって資本は幾重にも「逃げる」のである。バブル期には歌舞伎町全体で二〇〇を数えたという裏組織は今も相当な数だ。するといったい歌舞伎町一帯にはどれほどの「キャバクラ」があるのだろうか？

火をつけたい?!

極道組織の網がかかっているとはいえ、キャバクラの経営者たちは「関東連合」的なゆるい繋がりを保って動いている。ほとんどの場合、店にはボーイかマネジャーしかいない。訊いても役職を名のらない。いったい金主が誰なのか、その先の実質的な経営者まではなかなか手が届かないのである。

キャバ嬢たちの闘いが営業中の店内に押しかける「現場闘争」になる理由はこれだ。そこは稼ぎを剝ぎ取られ、毎晩のように屈辱を味あわされる場所である。生きるための「現場」なのに、客にさえ「乞食！」と罵られる。だから店に踏み込み、その前の路上で声を上げる。同じように金と人格を奪われた女たちに呼びかけるのである。

ここには「アンダークラス」のひとつの姿が浮かび上がっている。店は、客から一円でも多くむしり取るために酒を飲ませて体を触らせろという。そのためには派手なドレスで自分も飲む。内臓もサイフも心もきつい。その果てに膨大な天引き、賃金未払い、あげくは脅しやときに強姦。浮いた生業に見えるからこそ、かえって苛酷である。ユニオンの一人は「街に火をつけたい」とさえ言う。キャバ嬢たちの闘いは続く――。

六、……第四の壁

夜の繁華街で繰り広げられる女たちの闘いだ。そうしたキャバ嬢（キャバレークラブで働く女性）たちによる争議行動を見かけた人は不思議に思うかもしれない。店の中でも外の路上でも、店側と労働者側の双方とも口は出しても、手も足も出さないからだ。互いに体に触れることを慎重に避けている。極道系列のバッジをちらつかせるなごもってのほかである。場合によっては場数を踏んだ活動家たちだけでなく、黒服たちでさえ掌を後ろで組むことがある。

一九世紀の産業革命時代から始まり一九八〇年代まで続いた、抗議から団交やストライキ、デモ行進、ついには工場占拠にいたる労働運動を知る者には、なんとも奇怪な光景に映るだろう。時に烈しいコトバが爆発するにせよ、そこに現れるのはほとんどすべてが「寸止め」の空間なのである。東京都公安条例などの治安法制だけではない。暴対法や風営法で身体の微細な動きを拘束するな縛りがかかる。それでもギリギリのところで労働基準法などの争議行為がどうにか認められているからだ。

店に轟くいっさいの音を消してみれば、ミラーボールの瞬きに照らされて人の動きがジャワ島の影絵芝居のようにも映る。しかし間違いなくそこでは、一人の人間にとって掛け替えのない何かが賭けられているのである。賃金や労働だけでない。キャバ嬢は追い、ボーイはこそこそと逃げ回り、店長はバーでふんぞり返ってシラを切る。そしてタチの悪い客は抗議する女たちを罵る。キャバクラの中で起きていることは、歓楽街の路地でも、もっと大きく社会的な空間に広げても、それはほとんど空中に浮いた芝居小屋なのである。何が私たちの声を遮っているのか？

「第四の壁」である。ブレヒトは労働者演劇のような自然主義的手法を批判する。一般に劇場ではステージ奥で背景となるのが正面の壁、向かって右側が上手、左が下手である。ところが、舞台と観客の間で両者を隔てる見えないスクリーンが存在する。それがブレヒトのいう「第四の壁」なのである。この完結した世界の中に感情移入しストーリーを追体験することによって、どんな憤懣も解消されてしまう。これを「ドラマ的演劇」とブレヒトは呼ぶ。キャバ嬢たちの争議現場なら、いわば労働三法の舞台に立って、正面の背景が公安条例、上手には暴対法、下手には風営法という書き割りが設えられているのだ。キャバ嬢たちを「この乞食ども！」と罵倒する客たちもこの劇に没入する観客なのである。彼女たちはこの壁に突き進む。

これは国会前の抗議行動でも同じことだ。その枠の中での動きは、どんな人間でも「自動運転車」に近くなる。壁にぶつからないオートストップ。適切なスピードの維持と車間距離の調整。GPS制御の安全なコントロール走行である。「安倍を倒せ！」を連呼する観客たちには、こうしたドラマ空間の中で「感動」が保証されているだろう。したがって「第四の壁」に穴を穿って進入する者たちには、直ちに精密なオート排除の機能が作動し始めるのである。

世界はブレヒトの芝居にますます近づいた。だからこそ海外の植民地から「コメントする音楽」や壁を抜く身ぶり、口ぶりの豊かな戦略を『三文オペラ』は教えてくれるのである。

（音楽批評）

参考文献

岩淵達治『《三文オペラ》を読む』（岩波セミナーブックス、一九九三年）
谷川道子『聖母と娼婦を超えて――ブレヒトと女たちの共生』（花伝社、一九八八年）
中島裕昭「ブレヒトにおける演劇と教育」（世田谷パブリックシアター、アーツマネジメント講座アーカイブ　二〇一〇年）
布施えり子『キャバ嬢なめんな。』（現代書館、二〇一八年）

『三文オペラ』と二人のクルト・ヴァイル

大熊ワタル

ブレヒト演劇やブレヒト・ソングの存在を、後世にまで末長く知らしめることになった、ブレヒト＋ヴァイルの歴史的な名コラボ『三文オペラ』の現代日本語訳が本書だ。暗雲たれ込め、世も末感マックスな今日この頃にしては実に天晴（あっぱれ）な出来事だ。もちろん、これまでも何度も素晴らしい邦訳が出されてきた。それぞれ熱い魂のこもった重要な積み重ねである。各バージョンの読み比べも興味深いだろう。

それにしても、二〇歳の頃からのブレヒト・ソング、そしてヴァイルのいちファンとして、感謝も込めて言わせていただくと、こんなに『三文オペラ』やブレヒト、そしてヴァイルに関する一般向けの本が出回る国は、ドイツ以外では珍しいのではないだろうか？――実際、海外をうろついてみると分かるのだが、自国以外の文化に日本人ほど関心をもつピープルはあまりいない。ヴァイルについて言えば、ヨーロッパでは亡命後のアメリカ時代の評価は冷淡だし、アメリカでは逆にその反発からか、あるいは単なる無関心なのか、ブロードウェイのヒット曲は知られていても、ドイツ時代の曲は、モリタートなどは別としてロクに聞かれてもいないようなのだ。

それはそれとしても、幸か不幸か、ブレヒトたちがいまだに必要とされる何かもっともな理由があるに違いない。

まず今年は、明治一五〇周年ということで、いろいろキャンペーンがなされている。が……しかしだ。いまの日本の実質アメリカの属国状態の原因となった、あの戦争。世界史的にも稀なくらいあんなに犠牲を出しまくって負け込んだ（ふつうは負けすぎる前に手を打つ）悲惨な戦争の遠因となったのも、さかのぼれば明治政府の蒔いた種だということは、あの『坂の上の雲』（そう、じいさん達が大好きなあの本）にも書いてある。つまり明治を言うなら、そこからやり直さなくちゃ。少なくとも他の可能性はなかったのか考えてみるくらいはできるはずでしょ？

で、三文オペラが日本の戦争と何の関係があるか？　いや、そりゃ明治政府が西欧列国の仲間入りをするために必死に参考にした手本のひとつがドイツだし（たとえば刑法はドイツからかなりコピーに近い状態で取り入れた）「脱亜入欧」の「欧」、すなわち英仏独の、ざっくりいって三分の一はドイツってことだ。

一九世紀後半、西欧のなかでは少し出遅れた近代国家だったドイツに明治政府がなぜそんなに依拠したか。近代国家としてすでに歴史のある英仏よりは、後発国ドイツの、カイザーをいただく武骨で垂直な近代君主制のほうが、天皇を錦の御旗にイチから新国家をつくろうとした薩長の面々にとって都合がよかったというわけだ。そのドイツが増長し、軍拡競争に突っ込みすぎて大失敗したのが第一次世界大戦（もちろん各国の利害など原因は複雑に絡み合っているが）。そして戦後の大混乱の中から生まれてきた、ピンからキリまでさまざまな出来事の中でも、飛び切りのケミストリー、マジックが、この『三文オペラ』だったというわけだ。

第一次大戦と第二次大戦のいわゆる戦間期について、あるいはヴァイマル文化について最低限でも押さえておくべきは、人類初の近代兵器による総力戦となった第一次大戦で、ドイツが負った人的にも経済的にも途方もない傷跡・損害のことだろう。この埋め合わせができずにナチス政権や第二次大戦になだれ込んでいくのだが、危機的だからこそ、左翼革命派から右翼ファシストまで、そしてその中間に現れた新しいタイプの都市住民たちが、ハチの巣をつついたような大騒ぎ、てんでにワイワイやっていたのだ。

もうひとつ落とせないのは、いわゆるアート・表現分野でも、すでに絵画、音楽、映画、演劇、文学、建築……およそありとあらゆる分野で、新しいものを産み出そうと、若者たちがいたるところで試行錯誤を展開していたこと。そんなカオス的状況のなかで、ブレヒトやヴァイルたちは、すでに頭角を現していた注目の若手だった。しかし、われらが『三文オペラ』も、その直前まで、いや、幕が開いてからも、それが失敗を回避できるどころか大成功し、後世にまで名を残す金字塔になろうとは。そこには当人たちを含め誰一人予想できない超絶ドタバタ物語があったのだ。——わずか半年前になってあぶく銭をつかんだ素人劇場オーナーからこけら落としの新作を依頼されたものの、ブレヒトの一押し候補作は断られ、やむなく彼の側近エリザーベト・ハウプトマンの書きかけの草稿を見せたらOKに、とか。ブレヒトが音楽監督に推したヴァイルはまだ後のようなポップな作風ではなく「前衛の旗手」だったので、すべりそうな場合のために「代打」も用意されていた、とか。一番有名になったソング

「モリタート」は、出番を増やせと駄々をこねた役者のため初日直前にやっつけで書き足された、とか。タイトルの『三文オペラ』すら先輩作家からのアドバイスでの差し替えだった、等々……。

それ自体が驚異のメイキングといえるのだが、すでに諸先生方の著作でつまびらかにされているので、ぜひ当たられたい。本当に面白いので。

また注意すべき点として、このヴァイマル文化の花ひらいた時代の評価については「黄金の二〇年代」などという美化された言い方もあるが、光あれば闇も深かったわけだ。この時代をむやみに美化したり神話化したりすることは、その後におこった恐ろしい出来事——ナチス政権、そして第二次大戦で残された人類史上の巨大な汚点——から目をそらすためのトラップだ、という批判の対象にならざるを得ない。

実際、辛辣で論争的なブレヒトの演劇はまだしも、より親しみやすいヴァイルの音楽は、ややもすると単にノスタルジックな遺物に聞こえかねない。

——とまあ、ここでようやく本題にたどり着いたというわけだ。ヴァイルの音楽にはいかなる特徴や仕掛けがあったのか、そしていよいよキナ臭さを増してきたこの二一世紀にごう響くのか。

ユダヤ性

まず、クルト少年がいかにして音楽家ヴァイルになったたか、手短に振り返ってみよう。一九〇〇年にデッサウで誕生したクルト。その父アルベルトはシナゴーグ（ユダヤ教会）の歌唱指導者だった。ユダヤ教では礼拝に際し、ハズンまたはカントールと呼ばれる歌唱指導者のもとに、ニグンと呼ばれる歌詞のない歌を全員で詠唱する。その数多くの歌は楽譜ではなく、記憶の相伝で継承されてきた。父アルベルトに関する記述は、さしあたり見当たらないが、幼いクルトも父から宗教歌のエッセンスを受け継いだことは間違いない。

後にヴァイルがナチスの弾圧を逃れてアメリカの亡命した際の最初の仕事が、ユダヤ人の音楽劇『約束の国への道』だったという皮肉なエピソードがあるが、この仕事のため彼は「子供のころから覚えているユダヤ的なメロディーを二〇〇あまり譜に起こし」たという(岩淵達治+早崎えりな『クルト・ヴァイル』、ありな書房、一九八五年)。

前衛と新古典主義

少年時代から才能をいかんなく発揮したクルトは、旧態依然の伝統的な教師に飽き足らず、意欲的な若手音楽家たちから尊敬を集めていた巨匠ブゾーニに弟子入りする。ブゾーニは、今では彼自身の作品が演奏される機会もほとんどなく、新古典主義の旗手の一人として、バッハやリストの編曲・校訂者として、あるいはヴァイルやヴァーレーズの師として名を残すのみとなっているが、そのころは古典から未来音楽まで視界にすえた「最後のルネッサンス人」として、メインストリームのワグナー主義に対抗しうる存在だった。

新古典主義といってもいろいろだが、ブゾーニの「若き古典性」というフレーズが記憶されているように、単なる懐古ではなく、方法的な手続きとしての回顧、すなわち「歴史自体を相対化し、宙吊りにするような独特の視線(1)」があったという。

ここにブレヒトが重視した「異化」の哲学を追究したエルンスト・ブロッホの、「つねに重要なのは相互関係である。現在の批判的な考慮、それによって過去を生産的に継承することが可能になる」というフレーズを重ねれば、ほとんどヴァイルのアプローチそのものが見えてくるといってよい。

実際、ブレヒトと出会う前のヴァイルの曲を聴いてみると、ほぼ同時期に発表されたストラヴィンスキーの新古典主義の曲「プルチネラ」などとよく似た響きが聴き取れる。まるで古典そのもののような落ち着いた響きのなかに、ときおり調性を突き破る尖った音や、メカニックな、あるいはダイナミックなモダンな響きが聞こえてくる。それらは、いわば映画のモンタージュや、シュールレアリストたちの提唱したコラージュの音楽版といえるかもしれない。

軽音楽・キャバレーの表現

しかし、その初期ヴァイルと、ブレヒトとの出会い以降の音楽上の最大の違いは何か。『三文オペラ』の楽曲を思い浮かべると、どこかの街頭楽団のような、あるいはジャズ楽団のような、しかしそのどちらでもないような不思議な編成で、喜怒哀楽の融通無碍な親しみやすいメロディやダンス音楽のようなリズムが聞こえてくるはずだ。

ヴァイルは超優秀なエリートとはいえ、修業時代はビアホールでもピアノを弾いていたので、当時のポピュラー音楽にも通じていた。またブレヒト自身、劇作家になる前はキャバレーや寄席での弾き語りもしていた、いまでいうシンガーソングライターだったのだ。

とくにブレヒトは、「俳優たちに、キャバレーの歌唱技術を学ぶように勧めた」（ハインツ・グロイル『キャバレーの文化史（Ⅰ）』、平井正訳、一九八三年、ありな書房）というくらい、キャバレーなどでの表現のあり方に、来たるべき演劇の方向性をつかんでいた。さぞかしヴァイルにも口うるさくキャバレーや寄席について議論をふっかけていただろう。では、そのキャバレーや寄席での大衆的な芸能の精神とは何だったのか。

「キャバレーの本質は時事風刺にみられるような「反逆精神と批判精神」であり、そこは市民的な教養や道徳に反した演芸の場であった」（グロイル、前掲書）

「しかしながら、社会がキャバレーの辛辣な風刺性と折り合いをつけられるほど機は熟していなかった。またキャバレーの側でも社会を茶化しながら、同時にその社会に依存して生きていた。それは世界都市の「状況」を映し出す歪んだ鏡だった」（同前）

「その黎明期から、ドイツのキャバレーの音楽世界は画一的なものでなく、ハイアートと娯楽音楽の交差点となっていた」（大田美佐子「ヴァイマール共和国のキャバレー文化」『事典 世界音楽の本』所収、岩波書店、二〇〇七年）

そしてあのリヒャルト・ヴァーグナーの孫もこう言っている。「軽音楽をドイツのオペラに挑発的な形で取り入れたことは、疑いなくヴァイルの大きな功績である。軽音楽の使用は、なによりもまず、慣習的なジャンル区分の原則を乗り越えるきっかけとなった」（ゴットフリート・ヴァーグナー『ヴァイルとブレヒト』、岩淵達治訳、音楽之友社、一九八六年）

ここで注意すべきは、ブレヒトにせよヴァイルにせよ、単に軽音楽も無批判に取り入れたわけではなく、意識的に方法論として、異化効果を狙ってそうしたのだ。ここでまた「異化」の哲学者ブロッホに登場願おう。

「異化効果は、ある出来事や性格を見慣れた形からずらし、置きかえることによって生じる」

「その目的は、出来事や人物を、それ以前のように自明のことだと見なせなくなるようにすること」

「本来内在している「疎外」を気づかせる」（ヴァーグナー、前掲書）

また単純に引用するのではなく、要素自体をずらしたりゆがめたり、さまざまな仕掛けがなされている。つまりヴァイルたちは「一方では既存の芸術の伝統を異化し、その一方で、彼のまわりにあふれている実用音楽、ないしは娯楽音楽を異化した」（同前）。

そして、このような作曲によって意図された彼の社会批判は、旧来の上流階級、ブルジョワたちの音楽趣味に向けられただけでなく、彼が本来、観客として獲得したかったと思われる「小市民やプロレタリアートの好む娯楽音楽の攻撃（批判）にも向けられている」（同前）のだ。

それは広い意味で、同時代のアドルノらのフランクフルト学派のドイツ批判哲学にも通じた論争的かつ弁証法的な態度だといえるだろう。しかし、このような説明は理念的すぎるかもしれない。実際はもっと観客の全感覚にむけられたトータルなメッセージだったはずだ。

たとえば、ある種の表現主義絵画や映画の書き割りのような、いびつな背景を想起してみよう。そのような仕掛けは何のためだったのか。映画『カリガリ博士』（一九二〇年）の悪夢のように歪んだ街路、そして眠り男チェザーレの痙攣的な動き。それはまさに現実社会の矛盾を映し出した鏡としての装置だった。ヴァイル自身も述べているように、それらは「我々の時代の風俗画」だったのだ。あのグロテスク・ユーモアとしかいいようのない画家ジョージ・グロスやジョン・ハートフィールドの毒々しい風刺画、モンタージュを思い起こしてみよう。権力、カネ、性欲にとりつかれ、むやみに死んでいく男や女たち。そしてそれらを遠くから眺めている者たち。それらはまさに、この戦間期のリアリティーであり、ブレヒトたちの方法論を呼び込んだ時代のアウラだったといえる。

「『三文オペラ』は新しい形式の音楽劇であったが、以後これに続くような音楽劇は二度と書かれなかった。強いていえば『ハッピー・エンド』がその唯一の例外だ」
(『ブレヒトと「ハッピー・エンド」』、カモミール社、二〇一〇年)

ブレヒト・ソングといえば一般的にまず連想されるのは『三文オペラ』であり『ハッピー・エンド』ということになるだろう（ちなみに『ハッピー・エンド』は舞台公演としては失敗に終わり、歌曲だけが独立したかたちで愛され続けている）。あらゆるブレヒトソングのなかでも、そしてヴァイルの作品のなかでも、この二作におけるハイテンションな輝きは別格だ（同じ時期、ラジオ用に書かれた『ドイツ・レクイエム』もそれらに匹敵する畢生の名作というべき素晴らしさだし、他にもドイツ時代最後となった反ナチ的音楽劇『銀の湖』や、亡命第一期パリでふたたびブレヒトと組んだ『七つの大罪』、そしてシャンソンとして書いた「ユーカリ」など、忘れがたい作品は少なくないが……）。

先に触れたように、まるで掘っ立て小屋のようなグラグラの制作過程だった『三文オペラ』を大成功させたのは、もちろんE・ハウプトマンが見つけてきた題材の面白さ、そしてブレヒトの手腕もあるだろうが、ヴァイルの曲の出来ばえがなければ違っていただろう。ヴァイル自身の自作曲にかんするコメントはあまり見ないが、『三文オペラ』に関しては、相当な自信作だったようだ。ブレヒトからの刺激を受けたヴァイルの意気込みと時代の空気がスパークした、まさに一度限りのケミストリーだったというしかない。

実演におけるアプローチ

ぼくらもブレヒト＋ヴァイルたちの音楽をしばしば演奏してきたのだが、では、ブレヒト・ソングのエッセンスとは何だろう。リアリティーの感じられる演奏は簡単にはやってこない。もちろんアレンジの方向性も重要だが、それにも劣らず決め手となるのは声の力[2]、そして歌手、俳優の肉体性だろう。歌詞や演奏される音も物理的な実体として一〇〇パーセント重要だが、さらに見落とせないのは、それらがまとう表情、あるいは（ブレヒトも重視した）身振りだろう。

それから、理屈以前に演奏してみてはじめて分かるヴァイルの仕掛けもある。楽しく親しみやすい。ならば演奏も簡単か？　ところがとんでもないトラップが随所に仕掛けてあるのだ。聴いて面白く、楽理的には不自然な転調やぶつかる音。ジャズのテンションコードや即興の不協和音にも慣れ親しんだ手練れのミュージシャンたちが悲鳴をあげる。「なんでここでこうなるの？」。あるいは一見ノスタルジックな、オルゴールや自動ピアノのようなかわいい音列も、実際に弾こうとすると意外に超高難度。一〇〇本ノックのような練習で叩き込むしかなかったりする。まあ、それもまたヴァイルとの対話のようなものではないだろうか、とようやく気付く今日この頃だ。

ぼくらのような無手勝流のスタンスの場合、無理に完全コピーする必要もないのだから、要素を間引きながら、いかに本質的なエッセンスにせまるかという料理法も重要ポイントになる。この点では、トム・ウェイツのカバー・バージョンなどが白眉だろう。

また、歌詞の翻訳にはながらく悩んできた。意味を重視すると、どうしても日本語では乗らない場合が多い。また、そもそもドイツ語の響きを元に考えられた旋律なのだから、うまく当てはめるにも限度がある。そうしたジレンマで、ぼくらは原語のままで演奏することが多い。ただ、アイスラーやデッサウの曲のいくつかは、母音が乗せやすい曲もあるので、独自の訳詞を試してきた。

その点、今回の大岡訳の画期的なところは、ソングの歌詞が限りなく生きた言葉として、そのままメロディーにはまるよう考えられていることだ。意味が成り立つだけでなく、サウンドとしての聞こえ方まで原曲に近いのは凄い。これぞ「超訳」！

ブレヒトとの決別と亡命

さて、ブレヒトとヴァイルの決別にかんしての具体的なやりとりは、知る限り公開されていない（ぎりぎりでの亡命だったこともあり、ヴァイルの個人的な資料はほとんど残されていない）が、ヴァイル財団の年表には「一九三〇年夏、二人の政治的・美学的な違いが大きくなった」とある。ヴァイルは音楽としてより自立した作品を書きたかったのだろう。そして、直前まで誰もが予想しなかったナチス政権成立〜亡命という事情もあり、ブレヒトとヴァイルの協働作業はわずか数年で終わった。

しかし、よく知られているように、亡命以降の作風は一変して、よりスムーズでロマンチックな曲が増えていく。その半面ブレヒト時代の挑発性や異化効果は姿を消してゆく。亡命後はアメリカに完全に同化することで、ナチスドイツと対峙しつづけたのだ。

たしかにドイツ時代の輝きを思えば当惑させられることもあるが、存在自体を否定され亡命を余儀なくされてごんな思いだったろう。ヴァイルを変えた時代の暴力を考えなければならない。

いずれにせよ、ここに、亡命以前・以後で分断された「二人のヴァイル」問題がある。ドイツ時代と、アメリカ時代の二人の作曲家がいたのだ。だれかが書いていた「ドイツ時代に彼を彼たらしめていた作風を、アメリカでの数年で自らそぎ落としていった」という評価や、アドルノが彼らしい辛辣さで「作曲家ヴァイルはアメリカでは音楽プロデューサーに転身した」と断罪のような皮肉を浴びせているのは、その当否を別にしても悲しいことだ。

しかし、渡米初期の「ジョニー・ジョンソン」などは、まだドイツ時代の名残が濃厚だし、芝居のテーマも社会批評的だ。その後も「セプテンバー・ソング」「スピーク・ロウ」「ロストインザスター」など、キャッチーなつかみと、哀愁の展開といった、ヴァイルらしさは最後まで変わらない。実際、アメリカでは、ドイツ時代の曲を知らなくても、こういったヒット曲はいまでも愛されている。食べていく必要があったとはいえ、彼なりの理想を追い続けたことは確かだろう。渡米後のヴァイルは繰り返し「音楽の価値は軽いか重いかではなく、良いか悪いかだけだ」と語っている。もちろんブレヒトの不在やドイツとアメリカの環境の違いも大きいが、若い頃の気負いがなくなり、心の旋律を素直に追うようになったのかもしれない。

彼の歌がつねに曲がり角でみせる切ない表情。それは、亡命という断ち切られた人生のいつわりない素顔であり、またユダヤ人としての歴史性の表れでもあっただろう。その奥底には父祖伝来の詠唱ニグンの哀調が流れている。

消費されるヴァイル

『三文オペラ』から九〇年、ヴァイル没後からも七〇年近くがたち、戦間期の文化もノスタルジックに消費してしまおうとする経済の巨大な流れと、ヴァイルの音楽も無縁ではない。すでに四〇年近く前、ヴァイルの聴かれ方における大きな誤解があるとして、ヴァーグナーはこう警告している。

「彼の娯楽音楽の伝統との対決が、娯楽音楽をただ流行的に、距離をおかずに自分の素材に取り入れたのだという、まったく逆の評価」がある。「この誤った評価は、さらに音楽的、視覚的、演出的な解釈の際に行われるたいていはノスタルジックな低俗化によって補強され、またそれと結びついたマスメディアによってさらに促進される」（ヴァーグナー、前掲書）

つまり、メディアや文化産業の恣意的な切り取りかたによって、本来の意図などが無化され、ヴァイルの甘美さだけが強調され、再利用されているという指摘だ。

異論はない。しかし、そもそもオーディエンスの受容までコントロールすることは不可能だ。また、資本主義はさらにねじれを増して異様な展開を遂げている。「集中と選択」「最適化」……。数値が暴走し、ハードもソフトもすべてが証券化されている。音楽も商品である限り、すべて管理のために存在するという逆転した状態が進んできた。このような極端な資本主義において、果たしてヴァイルの音楽はかつてのように響くことが可能なのだろうか。

一般論として、文脈に依存したニュアンス等は、個別データとして断片化される過程で読み取り不能な情報として消えていくだろう。経年劣化のようにディテールは聴き取れなくなっていく。

しかし、不利なことだけでもない。著作権的には微妙だが、かつては見つけることも難しかったような各時期の音源が、驚くほどネット上にあげられている。音源の比較検討などにおいては以前とは比べものにならないほど便利になったともいえる。また、近年はヴァイルをトータルな存在として再評価しようとする見方もそれなりに広がってきたようだ。

平凡なようだが、クルト・ヴァイルというこの稀有な音楽家の実像に迫ろうとするなら、想像力を働かせながら聴き込むということに尽きる。ときとして、そこに鳴っていなかった音、背景にあった眺めや喧噪などが感じられることもあるだろう。それはブレヒトたちの影に隠れて忘却された同志たち、ライヴァルたちからの呼びかけでもあるはずだ。

追記——独断・これだけは聴いておきたい忘れがたき歌姫たち

ブレヒト・ソング、そしてヴァイルとくれば、まずはこの人、ロッテ・レーニャのあの声だ。一九八一年、八三歳で没。ぼく自身、初めて買ったブレヒトソングのレコードは、彼女が歌う伝説的なベルリナー・アンサンブル盤だった。一九八〇年か八一年に、池袋のアール・ヴィヴァンで奮発して入手した。同じころ新聞に載った彼女の訃報の切り抜きも挟み込んであるはずだ。レコードを聴いたのが先か、訃報が先だったか、もう思い出せない。

その数年後、名プロデューサー、ハル・ウィルナーの企画で、ヴァイルの曲を多彩なアーティストが思いおもいにアレンジしたコンピレーション『ロスト・イン・ザ・スターズ』が出た。スティングやルー・リード、そしてトム・ウェイツ、マリアンヌ・フェイスフル、ダグマー・クラウゼといったロック界から、チャーリー・ヘイデンらジャズ界、そしてジョン・ゾーンの挑発精神全開の問題バージョン等、綺羅星のごとき夢の競演だった。亡命前後のヴァイルをフラットに聴き直す、ひとつの画期となったといえるかもしれない。オーディオだけでなく各アーティストの映像もあり、そちらも見逃せない。リリースからすでに三〇年が経つが、これ以後、さらに斬新な再解釈は出てきただろうか？　第二弾も九〇年代にリリースされている。

ロックサイドでは、上記のダグマー・クラウゼが、ヴァイルとアイスラーによるブレヒト・ソング集 *Supply and Demand*（1986）、そして、さらにアイスラー曲にフォーカスしたブレヒト・ソング集 *Tank Battles*（1988）の二枚の名盤を出した。ダグマーには、かつて彼女がブレヒト・ソングの公演で来日したときにインタビューしたことがあるが、冷戦期の西ドイツで育った彼女にとってブレヒト・ソングがいかなる意味をもつのか、とても興味深い話だった(3)。

マリアンヌ・フェイスフルのバージョンも忘れがたい。彼女もハル・ウィルナーのコンピレーションに続き、九〇年代にブレヒト・ソングを中心とした名盤 *20th Century Blues* をリリースしている。ところで、マリアンヌといえば、一〇代で清純派フォークアイドルとしてデビューしながら、ミック・ジャガーとの恋愛（ミックに「悪魔を憐れむ歌」のインスピレーションを与えたブルガーコフの小説『巨匠とマルガリータ』を教えたのも彼女）や薬物中毒との苦闘、そして別人のような濁声となって復活……などなど、波乱の人生で知られるスターだが、今回この原稿で確認中にとんでもないことに気が付いた。彼女の母は若い頃、マックス・ラインハルト劇団のダンサーとしてブレヒト＋ヴァイル作品で踊った経歴の持ち主であり、さらにその家系はオーストリアの貴族、それもあのザッヘル＝マゾッホの親戚だという。ザッヘル＝マゾッホ自身はユダヤ系ではなかったが、「ユダヤ人の生活」という小説も残しているし、その後の婚姻でユダヤ系の血も加わったマゾッホ家は、反ナチだった。血筋の歴史もブレヒト・ソングへの引力となったかもしれない。

ドイツに移ろう。ご存知ウテ・レンパーや、マックス・ラーベらベテランから若手まで、さまざまなアーティストがブレヒト・ソングをテーマにしている。最近はヴァイル・フェスが毎年行なわれ、母国ならではの継承が発展しているようだ。

ドイツと言えば、忘れちゃならないニナ・ハーゲン……ではなく、ここでは、その母エヴァ＝マリア・ハーゲンに触れておこう。ニナ・ハーゲンがパンクの母だったとすれば、ママ・ハーゲンはパンクのおばあちゃんということになる。エヴァ＝マリアは東独で戦後すぐ女優としてデビューし、修業時代に晩年のブレヒトの薫陶を受けている。ということは、ブレヒトはパンクの曾祖父？　てなことはいいとして、若い頃は「東独のブリジット・バルドー」と呼ばれたアイドル時代もあったようだが、後に抵抗詩人ヴォルフ・ビーアマンと交際するなど反骨精神にあふれた女優・歌手人生を送った。このママ・ハーゲンのことは、わがジンタらムータの歌姫こぐれみわぞうに教えてもらったのだが、この母にしてこの娘あり、という感じの歌いっぷりが魅力的だ。

　東独時代のブレヒト歌手といえば、近年他界したギーゼラ・マイが代表的だろう。アイスラーの愛弟子でもあったギーゼラの歌には、共産圏時代にたたき上げただけあって、西側の歌手のような毒気ではなく、どうしても教科書的なイメージがある。とはいえ、普通の歌手があまりやらなかったような珍しい曲（特にデッサウの曲）も残されているので、やはりチェックしないわけにはいかない。

　もう一人、忘れてはならないのは、イタリアが世界に誇る永遠の歌姫ミルヴァだ。若い頃、伝説的演出家ジョルジョ・ストレーレル（ブレヒトの直弟子）の薫陶を受け、ブレヒト・ソングに開眼、近年まで何度もブレヒト・ソングに取り組んできた。戦後のブレヒト歌手として、もっともパンチの効いた声と表現力の持ち主であることは間違いないだろう。


（ミュージシャン。クラリネット他の多楽器奏者として、ジンタらムータ、CICALA-MVTAなどで活躍中）

注

（1）藤村晶子「新古典主義」をめぐる諸問題——一九二〇年代の「ヘンデル・ルネサンス」（『桐朋学園大学研究紀要』、二〇〇〇年）
（2）ところで、声の力という点では、ブレヒト自身の声もまたすごかったようだ。いくつかの録音でブレヒト自身の声が残されているが、生はそんなものじゃなかったらしい。ハインツ・グロイルによれば、ブレヒトに「三文オペラ」という題名を提案した作家リオン・フォイヒトヴァンガーは、ある小説の中でブレヒトをモデルにしてこう書いている。「彼は部屋の真ん中にいき、そして明るく、大胆に、かん高い声で、憎らしげに、方言まる出しで、うるさいぐらいに、自作のバラードを歌い始めた。これらのバラードは、庶民の日常生活の出来事を取り上げ、大都市の大衆の視点から眺めながら、かつこれまでとはまったく違った見方を打ち出したものだった」「それは、薄情で悪意に満ち、不遜な匂いのする、そして放縦な気分にあふれた、これまでにおよそ聴いたことのないような歌だった」。

もうひとつ重要なことは、そのセクシーさだった。「女たちをこれほどまでに惹きつけたのは……おそらくそれは、彼のおそろしく下品なバラードの魅力のせいだった」。実際に若きブレヒトの親友だったある俳優はグロイルにこう語っている。「声はすこぶる冷ややかでありながら、彼の歌は燃えるように激しく、痛切で猛り狂うような響きを持っていました」（グロイル、前掲書）

（3）『音の力　ストリートをとりもどせ』所収、インパクト出版会、二〇〇二年

訳者あとがき

マックヒースとは何者か

ベルトルト・ブレヒトとクルト・ヴァイルの代表作『三文オペラ』の中で、最も有名になったナンバーは冒頭の「モリタート」であろう。ここでマックヒースが悪漢であることが繰り返し歌われ、観客の頭に刷り込まれてしまうのだが、注意して聴くとこの歌は、凶悪犯罪の下手人がマックヒースであるらしい、と物語るばかりで、つまるところ噂話に尾ひれがついた類に過ぎないのである。例えば彼は、刃物を隠し持っているから「刃のマッキー」と呼ばれているとのことだが、その刃が抜かれるところを目撃した者は誰もいないのだ。騙されてはいけない、マックヒースは悪漢ではなく、悪漢と信じられている男だ。そして、そのように仕向けているのは、マックヒース自身なのである。つまり「モリタート」という歌が示しているのは、マックヒース自身のメディア・コントロールであり、イメージ戦略なのである。

事実、マックヒースは、手下たちが犯した流血沙汰に嫌悪を示す。常に白い手袋をはめる潔癖ぶりからすると、この人物は、自分が直接手を汚すことを忌避しているかのようだ。しかしその一方で、手下たちが実行した凶悪犯罪を、彼は自分の手柄として吹聴させ、「悪漢」としてのブランド価値を維持するというわけだ。手下の筆頭マサイアスが「このやりかたじゃあ、おれらみたいのは、どうやったって上に行けねえじゃねえかよ」と嘆くのも無理はない。自らは手を下さずに、手下たちの手柄をかすめとってゆくマックヒースの経営手法は、一見するとヤクザ者の卑怯なやり口だが、よく考えてみれば、資本家とは例外なく、このようなノウハウで金を稼ぐ存在なのではあった。このノウハウを、カール・マルクスならば「搾取」と呼ぶだろう。

ところが、この窃盗団の犯罪ビジネスにはもう一つ秘密がある。団長マックヒースは、あろうことか自分の手下や仲間を警察に密告して、懸賞金を得ているのだ。しかもご丁寧に、その懸賞金からは、警視総監ブラウンに対するバック・マージンまで支払われるという念の入りようだ（つまりブラウンは、指名手配犯がマックヒースの手の内にあることを知りながら、懸賞金をかけることを警察内で指示してきたということだろう）。自分の味方を公権力に売り飛ばすという背信行為こそが、マックヒースの富の最大の源泉ではあったのだ。このような〝悪を裏切る悪〟を、我々はいったいなんと形容したらよいのだろう？

しかしもちろん、このようなビジネス・モデルがいつまでももつわけはない。実際、手柄を横取りして恥じないマックヒースに対して、手下たちの不満はくすぶっている。もしも彼の背信行為が露見してしまえば、それこそマサイアスあたりが、逆上して報復に及ぶかもしれない。マックヒースはそのことをよくわかっている。だから彼は、口を拭って、これまで蓄積した資本をベースに、新たに銀行業を始めようと企んでいる。手下が彼の秘密に気づくのが先か、手下をまとめて警察に売り払うのが先か、これは時間との戦いなのだ。彼としては、犯罪者からエスタブリッシュメントへと、ここで一気に成り上がろうという魂胆だ。転業のための資本と同時に、エスタブリッシュメントに参入するための人脈を必要とした。そこで彼は、起業家の娘ポリーとの結婚が大急ぎで敢行されるのはそういう事情だ。ただし、ポリーの父が何者かについて調査を怠ったのは、慎重なマックヒースにしては大きなミステイクだった。なにしろポリーの父は起業家と言っても、そのいかがわしさにおいては彼自身と大差のない人物だったのだから。この似た者同士のライバル二人の追いかけっこが、『三文オペラ』の主軸をなす。マックヒースは成り上がり志向が強く、自身の「趣味」を磨くことに熱心で、「勉強」をしない手下たちの無教養ぶりに対しては、ときに本気で軽蔑を示す。そんな彼の新妻が、一見して育ちのよいお嬢さんだが、しょせんは成金の娘に過ぎないとは、皮肉なことだ（例えば彼女はチェンバロを見たことがない）。そして、義父ジョナサン・ピーチャムの策略により収監された彼は、躊躇する様子すら見せぬまま、ただちにポリーを袖にして、警視総監ブラウンの娘ルーシーをパートナーに選ぶ。資本（ピーチャム）と国家（ブラウン）が激突するこの局面において、まずは脱獄を成功させ、さらには野望を成し遂げるために、今度は国家権力と組むというわけだ。この変わり身の早さは観客を唖然とさせるだろう。

ところで、すでに我々はこれと似た人物を知っている。四世鶴屋南北の代表作『東海道四谷怪談』の悪漢・民谷伊右衛門だ。彼は、塩谷判官（浅野内匠頭）を主君と仰ぎながら公金を横領し、悪事の露見を恐れて義父・四谷左門を殺害し、実家に匿われていた妻お岩との復縁を果たす。しかし、産後の肥立ちが悪く床に臥せるお岩を疎んじ、赤貧の浪人生活にも倦んだ彼は、敵方に寝返って、高師直（吉良上野介）の家中、伊藤喜兵衛の孫娘・お梅と再婚すべく、妻お岩との離縁を画策し、この工作の挙句にお岩は死んでしまう。行き当たりばったりで人を裏切り、殺し続ける伊右衛門には、逡巡も後悔も見られない。自ら刀を振り回す点がマックヒースとの大きな違いだが、伊右衛門はマックヒースの一〇〇年前に産み出されたキャラクターだ。メディア社会が現出していれば、伊右衛門とてわざわざ自分の手を汚すことは避けたかもしれない。

ともあれ、民谷伊右衛門がそうであるように、マックヒースもいくつもの顔を持っている。世間がイメージする「悪漢」としての顔。盗賊の頭目として手下たちに見せる顔。戦友ブラウンに対して屈託のない友情を示す顔。そのブラウンを前に、ためらくことなく手下たちを売り飛ばして金に換える、商売人としての顔。妻ポリーに見せる顔、愛人ルーシーに見せる顔……。これらの顔は当然ながら、齟齬や矛盾や対立を孕む。このような人物に素顔はあるだろうか。その素顔を「悪」と形容するべきだろうか。しかし繰り返すが、この人物は決して「悪漢」とは言えない。自らの手を汚して積極的に「悪」を為したと見るには、マックヒースの所業はあまりにも空虚である。では、当人の自己演出によるさまざまな粉飾や虚飾を取り払ったところで、何が見えてくるのか。そもそもこの人物の出自とは何か。

一つ判明しているのは、盗賊として名が知られる以前、彼が娼婦ジェニーのヒモだったということだ。女に体を売らせ、虫の居所が悪ければ女を殴り、上がりだけをかすめとる。これもまた、他人に労働させ、上前を撥ねる、資本家のメタファーである。こうしてジェニーから巻き上げた金は、彼が窃盗団の頭目におさまるための元手となっただろう。結局ジェニーは流産し、マックヒースは冷淡にもジェニーのもとを去った。ジェニーにしてみれば、逃亡するマックヒースの居所を警察に密告するのは、復讐のための絶好の機会ではあっただろう。ともあれ、ヒモ時代においても、マックヒースはやはり空虚な人物であった。要は、女を暴力で屈服させ、経済的に寄生していただけであった。「悪漢」と呼ぶにはあまりに低劣なチンピラに過ぎない。ではその低劣なチンピラが、なぜ「ロンドン一の大悪党」の評判を勝ち得るまでに出世できたのか？

その答えは、すでに述べたように、彼が窃盗団を組織しつつ、犯罪者の情報を公権力に売り渡すという、二つの仮面を巧みに使い分け、蓄財してきたという事実に尽きる。ではなぜ公権力との関係を築くことができたかと言えば、これはたまたま警視総監ブラウンが彼の親友であったからだ。ではなぜこんなチンピラ風情が、ロンドンの警察のトップと、親友になることができたのか？

その答えは、戦争である。

二人は戦友であり、どうやら決して比喩でなく、敵兵を殺しその人肉を食べて飢えを凌ぐという、おそるべき体験を共有していたらしい。常に良心の呵責に苛まれるブラウンは、どこかマックヒースに精神的に依存しているようにも見えるが、その原点はこの戦争体験にあるのだろう。おそらく戦場の過酷さは、良識家ブラウンには耐え難いものであっただろうが、対照的に、何食わぬ顔で「敵の死骸を食ってでも生きのびる」選択をやってのけたのは、マックヒースであっただろう。そしてそのマックヒースと行動を共にするおかげで、ブラウンは生きのびることができたのだろう。ブラウンからすればマックヒースは、平時にあって強迫観念のように回帰する、戦時の亡霊のような存在なのかもしれない。

この戦争とは設定上は、第二次ボーア戦争を示唆していると思われるが、作者ブレヒト当人は、第一次世界大戦に従軍している。我々はここに、第一次大戦の影を見る。英雄として勲功をあげるなどという流儀が完全に過去のものとなり、あらゆる人間が塹壕の土塊にまみれ、特権性を剥奪され、虫けらのように殺されていく。人間がただの物量としてカウントされるほかない、大量死を本質とする総力戦。あらゆる仮面をとっかえひっかえし、素顔など持たずに生きてきた、「何者でもない」人物マックヒースにとって、金持ちであれ貧乏人であれ、賢い奴であれ愚かな奴であれ、あらゆる人間が無差別にバタバタと斃れ、名もなきゴミと化す戦場は、あたかも自らの「何者でもない」素性を肯定してくれるようで、過酷ではあるが居心地のよい環境であっただろう。つまり戦争によって彼は覚醒したのだ――ここでは、ルールもモラルもアイデンティティもかなぐり捨てて、「何者でもない」自分が、ただ生きのびるために生きのびることが許されているではないか、と。

そんな手強い男が、義父ピーチャムに敗北を喫したのは、平時にあってはピーチャムの方が一枚上手だったからだ。起業家ピーチャムは、乞食の仮面を被ってブルジョワジーの同情心をくすぐりお恵みを稼ぐビジネスを、マニュアルに従えば誰でもできるスキームとして確立している。そしてマックヒースを逮捕させるために、女王の戴冠式に貧民のデモをけしかけるぞとブラウンを脅すわけだが、このデモはピーチャムが賃金をばらまいて組織し動員する「自作自演」デモではあるものの、ひとつ間違えば統御不能に陥り、暴動に展開しかねない性質のものだ。デモという仮面の裏には、暴力という素顔が隠れている。つまり、仮面を巧みに操って商売をする成り上がり者という点で、マックヒースとピーチャムは似ているが、ただしピーチャムには素顔があるのだ。彼には、妻子にだけ見せる本音があるし、ルンペン・プロレタリアートを扇動できるだけの資金と組織と実力がある。かくして素顔を持たない男は、素顔を持つ男に敗北する。まるで怪人二十面相が明智小五郎に敗北するかのように。似た者同士の闘争に過ぎないとはいえ、ここはかろうじて、観客の「良識」を満足させる展開ではあろう。

自由気ままに仮面を付け替え、アイデンティティの一貫性など一顧だにしないマックヒースの生き様は、なるほど日常的な人間関係の中では、裏切った相手を傷つけるだけで済むかもしれないが、しかしもしも一枚の契約書が交わされていれば、彼の気まぐれな裏切りは、ただちに法に抵触してしまう。人格の一貫性にこだわらないマックヒースの生き様は、戦争体験に由来するだけあって、資本の競争を勝ち残る姿勢としては好都合かもしれないが、その一方で国家権力は、個人個人に対して「人権」の名のもとに、人格の単一性・主体性・一貫性を要求している。つまりマックヒースの生き様は、資本に内在する無政府性を露呈させるものであり、これを野放しにしてしまうと、資本主義はその内部矛盾により崩壊してしまう。そこで国家は人権を想定し法を制定し暴力装置を駆使して、ほどよい介入と統制をおこなう。そんなわけで、マックヒースはいよいよ絞首台に送られる。

ところがここで、なんと国家権力自身が、女王即位に伴う恩赦によりマックヒースを釈放してしまう。つまり「例外」という顔を見せるのだ。国家権力もまた、ご都合主義で仮面を付け替える、素顔など持たない存在に過ぎなかったとする点に、この戯曲の最大の皮肉がこめられている。あえてこの奇想天外な結末をリアリスティックに解釈すれば、マックヒースが恩赦を受けられる理由とは、警察内部との癒着という不正を伴っていたにせよ、犯罪者の摘発に貢献してきた功績が評価されたからに違いない。ジェニーはピーチャムを「下劣なスパイ」と罵るが、その言葉はマックヒースにこそふさわしい。あるいはジェニーは、上辺（うわべ）ではジョナサンを罵りつつ、本当はマックヒースの正体を喝破していたのかもしれない。ただしこの「スパイ」は、007のように女王陛下に忠誠を誓っているわけではない。そのような「本心」を欠いているのがマックヒースのマックヒースたるゆえんだ。

だがそもそも、「心」などというものは、本当に実在するのだろうか？　それは、近代人がこしらえた幻想に過ぎなかったのではないか？　人間と人工知能の境界が曖昧になっていく現在においては、「心」があるのだから動物とも機械とも異なるとされる「人間」の自明性こそが、問い直されるべきではないか？

そう考えれば、『三文オペラ』にアクチュアリティがあるかどうかは、もはやくだくだしく説明するまでもないと思う。相手によって「キャラ」を変える処世術については、いまどきの若者たちが多くを語ってくれるだろう。あるいは例えば、私の手元には二〇一七年に出版されたダイアン・マルケイ著『ギグ・エコノミー』（日経BP社）というビジネス書があるが、この本では、働く場を分散させ、従来のフルタイム従業員とは異なる自分なりの成功を思い描く、「ギグ・エコノミー」なるワーク・スタイルが称揚されている。かつて一九八〇年代に、浅田彰が『逃走論』（筑摩書房、一九八四年）で提起した「スキゾ・キッズ」なるライフ・スタイル（既存の近代的価値観から積極的に逸脱し逃走する精神分裂的傾向）が、ついにビジネスの世界にまで浸透してきたと解釈できる。つまり今や、アイデンティティに縛られることなく、便宜的にさまざまな仮面を使い分ける処世術が、一般化しつつあるということだ。

正直に言えば私自身、マックヒースのように日々仮面を付け替えて、さまざまなクライアントの要望をかなえ、自分の「本心」や「良心」などご気にもかけないことで、生活と商売を成り立たせている自営業者にほかならない。かろうじて、法に抵触しない計算を働かせている点がマックヒースとは異なるものの、その差は紙一重であり、まったく他人事とは思えない。佐村河内守が「現代のベートーヴェン」という自己演出を施し、小保方晴子が「天才理系女子」という自己演出を施し、世間の目を欺いたことは記憶に新しいが、これらはあくまで氷山の一角である。今や大学生たちは就職活動の際に、そつのない「コミュニケーション・スキル」を披露すべく、日々演技力を磨いている。さらに彼らが就職した後は、聴き手を魅了する「プレゼンテーション・スキル」を磨かねばならないだろう。かくして、内容を欠いた形式が、素顔を欠いた仮面が、場当たりで演じられてゆく。今ようやく我々は、『三文オペラ』を理解できる時代を生きているのではあるまいか。

蛇足ながら――アーティストとなる夢をかなえることができず、「何者でもない」日々を送りながらも、第一次大戦の戦場においては一転して活躍、戦後社会においては諜報員を務めながらも監視対象に寝返って活動家へ転身、ついには国家権力を掌握し、全権委任法を制定し、再び世界戦争を開始することで、国家を「例外」状態へと引っくり返し、その「例外」を常態化させてしまったのが、アドルフ・ヒトラーであった。彼もまたマックヒースのように、近代戦の渦中で覚醒した一人であったのかもしれない。

＊

一九九二年にハイナー・ミュラーの『ハムレットマシーン』を演出したことから芝居の道に入った私にとって、ミュラーの先輩格に当たるベルトルト・ブレヒトの演劇論や演技論が、いつしか自分の基本原則となったのは、必然であったと今にして思う。ブレヒトの方法論を応用することで、私はコミカルな音楽劇を数多く創作し、これを自分の仕事の中心に据えてきた。この劇作家・演出家としての蓄積を踏まえて、ブレヒト／ヴァイルの代表作『三文オペラ』を翻訳することは積年の夢であった。とはいえ、ドイツ文学やドイツ演劇の専門家でもない自分がこれを手がけることには躊躇もあった。だが、私がふだん文芸部スタッフとして勤務している、ＳＰＡＣ－静岡県舞台芸術センターの芸術総監督・宮城聰さんに背中を押してもらい、全編を翻訳する作業に踏み切ることができた。この作業の過程では、クルト・ヴァイル研究の第一人者である神戸大学准教授の大田美佐子さんに、ご指導・ご助言を多数いただいた。が、もちろんこの翻訳についての責任は、全面的に訳者にあることは言うまでもない。宮城さん、大田さんに、改めてお礼申し上げたい。

そして、骨太な解説をお引き受けいただいた平井玄さん、大熊ワタルさん、本書の刊行をご快諾下さった共和国の下平尾直さんに、心から感謝申し上げたい。

この翻訳は、二〇一八年一〇月一八日から二八日まで池袋西口公園で上演される、東京芸術祭二〇一八『野外劇　三文オペラ』で、さっそく使用される。演出は、前衛劇からオペラまでを幅広く手がけるイタリア人演出家ジョルジオ・バルベリオ・コルセッティさん、音楽監督は作曲家の原田敬子さんである。また今後とも、さまざまな現場でこの翻訳を採用していただければ、これにまさる喜びはない。とはいえもちろんこの翻訳は、上演を目的とする以前に、読む楽しみを提供することを目的としたものである。

本書は、編著『21世紀のマダム・エドワルダ』（光文社、二〇一五年）に続き、私が手がける二冊目の著作である。何の因果かジョルジュ・バタイユに次いで扱うのがベルトルト・ブレヒトで、依然として私の思考は、二〇世紀ファシズムとの内在的格闘に向けられている。決して意図して選んだつもりはないのだが、そもそも思想的な課題とは、こんな具合に過去の側から取り憑いてくるものなのかもしれない。

二〇一八年八月

大岡淳

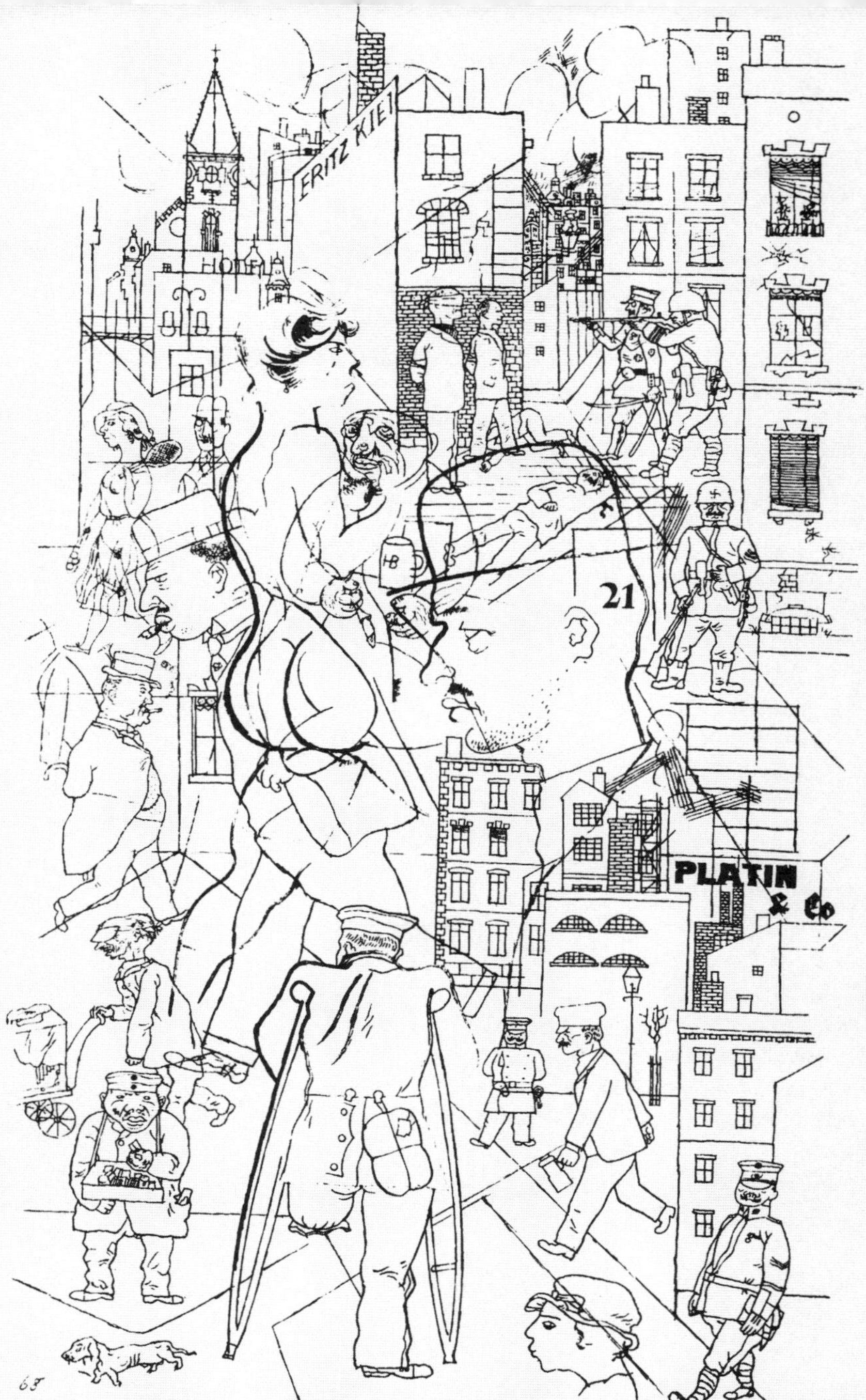

21
PLATIN
& Co

ベルトルト・ブレヒト

Bertolt BRECHT

1898年、バイエルン王国アウクスブルクに生まれ、1956年、東ベルリンに没する。

近現代ドイツを代表する劇作家、詩人。第一次世界大戦に従軍後、劇作家として活動。

『夜打つ太鼓』(1922)でクライスト賞。

1933年、ナチス政権樹立後はデンマーク、アメリカ合衆国などに亡命、
1948年、プラハを経由して東ベルリンに帰国。

主な作品に、
『マハゴニー』(1927)、
『処置』(1930)、
『第三帝国の恐怖と悲惨』(1937)、
『肝っ玉お母とその子供たち』(1939)、
『暦物語』(1949)など多数がある。
日本でも戯曲全集や書簡集など、
その仕事のほとんどが刊行されている。

大岡 淳

Jun OOKA

1970年、兵庫県に生まれる。
演出家、劇作家、批評家。
早稲田大学第一文学部哲学科哲学専修卒業。
現在、SPAC－静岡県舞台芸術センター文芸部スタッフ、
静岡文化芸術大学非常勤講師、
河合塾COSMO東京校非常勤講師を務める。

編著に、

『21世紀のマダム・エドワルダ』(光文社、2015)がある。

http://ookajun.com

三文オペラ

二〇一八年九月三〇日初版第一刷印刷
二〇一八年一〇月一〇日初版第一刷発行

著者　ベルトルト・ブレヒト　Bertolt BRECHT
訳者　大岡淳
発行者　下平尾直
発行所　株式会社 共和国 editorial republica co., ltd.
東京都東久留米市本町三-九-一-五〇三　郵便番号二〇三-〇〇五三
電話・ファクシミリ〇四二-四二〇-九九九七
郵便振替〇〇一二〇-八-三六〇一九六
http://www.ed-republica.com/

印刷……精興社
ブックデザイン……宗利淳一
DTP……岡本十三

本書の内容およびデザイン等へのご意見やご感想は、以下のメールアドレスまでお願いいたします。

naovalis@gmail.com

ISBN978-4-907986-49-0　C0098　

Mr. BARNE
the greatest Champion